両足が浮くと、呆気なくパンツを毟り取られ、下半身が剥き出しになった。長いニットの裾が股間を隠したが、そんなもので狩納の動きを制限することはできない。

# お金《かね》じゃ解《と》けないっ

篠《しの》崎《ざき》一《ひと》夜《よ》

ILLUSTRATION

香《こう》坂《さか》 透《とおる》

CONTENTS

# お金じゃ解けないっ

# お金じゃ解けないっ

「あら雪弥《ゆきや》君、少し背が伸びたんじゃない？」

「そうねえ。伸びたわよねえ」

皺《しわ》を刻んだやさしい指が、髪《かみ》に触れた。

ちいさな談話室《だんわしつ》には、テレビが一台置いてある。膝《ひざ》を揃えて座る綾瀬《あやせ》雪弥のために、チャンネルはクリスマスを祝う人形劇に合わせられていた。

「雪弥君はいい子ねえ。いつもお母さんのお見舞いに来て、偉いわ。クリスマスにはきっと、サンタさんが素敵なプレゼントをくれるわよ」

目を細め、白髪交じりの婦人が、綾瀬の両手に甘い飴玉《あめだま》をくれる。淡い水色の寝間着《ねまき》を身に着けた婦人の右手からは、点滴《てんてき》用の透明《とうめい》なチューブが伸びていた。

「本当、偉いわよねえ。こんなちっちゃいのに」

談話室に集まるのは、綾瀬の祖母と同じくらいの年代の、入院患者《かんじゃ》たちだ。みんなずっとここに住んでいるのか、病院を訪れるたび、お菓子をくれ、遊んでくれる。

やさしいひとたちばかりだ。

父と母が大事な話をする時は、綾瀬は大抵《たいてい》、そうした老人たちが集まるこの談話室ですごした。少しの間、テレビを見ててね。そう言われたが、父親の膝に乗って聞くクリスマスキャロルと違い、灰色のソファから見上げる人形劇は不思議と面白くない。

ちいさな綾瀬が退屈《たいくつ》しないよう、入院患者の一人は折り紙でトナカイを折ってくれた。

「お母さん、早くよくなるといいわねえ」

そっと頭を撫《な》でられ、大きく頷《うなず》く。背後で聞こえた足音に、綾瀬は野兎《のうさぎ》のような俊敏《しゅんびん》さで振り返った。

「おかあさん！」

看護師《かんごし》に付き添われた母が、ゆっくりと廊下《ろうか》を歩いてくる。隣《となり》では父が心配そうに、母の手を引いていた。

「待たせてごめんね。検査《けんさ》、終わったから」

父の言葉に、綾瀬が弾《はじ》かれたように両親へ駆《か》け寄る。恐《おそ》れていたように、母の腕からは点滴用チューブは伸びていなかった。ぶつかるように、母の足へしがみつく。

「ごめんね雪弥、待たせちゃったわね」

白い手が、そっと綾瀬の頭を撫でた。

やわらかな髪を梳《す》かれ、気持ちがよくて、嬉《うれ》しくて、ぎゅっと強く母に縋《すが》る。

肌触りのよい寝間着を隔《へだ》て、母の体温を感じた。母のあたたかさに混じって、冷たい、少し苦《にが》いような、喉《のど》の奥がすぅすぅするあの匂《にお》いがする。

病院の、匂いだ。

「いいわねぇ雪弥、飴貰《もら》ったの？　あら、トナカイさんまで。ちゃんとお礼、言えた？　パパがココア買ってくれたから、お部屋でおやつにしましょうか」

遊び相手になってくれていた老人たちに礼を言い、母が綾瀬を促《うなが》す。

ココアも飴も、大好きだ。でも母の病床《びょうしょう》が置かれている、あの部屋へ戻るのは嫌だった。戻るなら、アパートがいい。他の誰でもない、父と母と三人で、早く家に帰りたかった。

「おかあさん、あのね…」

しっかりと手を摑《つか》み、懸命《けんめい》に母を見上げる。

いつ、おうちにかえれるの。

まだ、病院にいなきゃいけないの。

一番聞きたい言葉を、声にできない。

やさしいおばあさんたちは、綾瀬をいい子だと褒《ほ》めてくれた。でも本当は、少しもいい子じゃない。

病院に来るのだって、誰にも言えないけれど嫌いだった。

殺風景《さっぷうけい》な白い部屋も、くすんだ廊下も、怖くて怖くて泣きたくなる。薬の臭いがお母さんの体に染《し》みついて、いつか体全体を冷たく変えてしまうのではないか。

言葉にできない不安が、いつだってちいさな綾瀬を苦しめる。

「なあに雪弥。そうだ。クリスマスにサンタさんにするお願い、一緒に決めなきゃね。雪弥はいい子だから、サンタさん、なんでもお願いを聞いてくれるんじゃないかしら」

歌うように囁《ささや》いた母の手が、やさしく綾瀬の頰《ほお》を撫でた。

あたたかなぬくもりに、大きな瞳を瞬《また》かせる。

サンタへの願いごとは、もうずっと前から決めている。

いい子に、していなければ。

本当はいい子じゃないから、それが神様に知られてしまわないように。

「……ココア、たのしみだね」

母に体を擦《す》り寄せ、綾瀬はちいさく、呟《つぶや》いた。


なにかが視界を覆《おお》う気配に、綾瀬雪弥は声もなく呻《うめ》いた。

覚醒《かくせい》の瞬間を感じて、瞼《まぶた》の内側で眼球《がんきゅう》がふるえる。長く繊細《せんさい》な睫《まつげ》の先に、光がしずくのように溜《た》まり、弾けた。

「……ん……」

寝返りを打とうとした体が、自分以外の体温に触れる。

解っていても、綾瀬は驚かなかった。

むしろその存在に、ほっと詰めていた吐息《といき》が解《ほど》ける。擦り寄るように身動《みじろ》いだ綾瀬の唇を、ぬれた熱が這《は》った。

「あ…」

明瞭《めいりょう》になった声に、ぱち、と瞼が持ち上がる。

深く覆い被《かぶ》さる影の正体を、綾瀬は目覚めと同時に理解した。

「狩……」

狩納《かのう》、と名を呼ぼうとした唇を、もう一度寄せられた舌先が舐《な》める。口にし慣れた名前と同じくらい、よく知っている口吻《くちづ》けだった。

光る眼が、焦点を欠くほど近くから綾瀬を見る。長身で肩幅の広い狩納に覆い被さられると、暗い影の底に呑まれていくような感覚《かんかく》があった。

「着いたぜ」

ほんの少し荒れた狩納の唇が、綾瀬に告げる。低いが歯切れのよい声音は、体温を接して聞くと皮《ひ》膚《ふ》へ直接染みるようだ。

再び、穏《おだ》やかな眠気に包まれそうになる。

だが辛《かろ》うじて周囲に視線を巡らせ、綾瀬ははっとした。目隠し加工《スモーク》された窓越しに見えるのは、古びた校舎と銀杏並木《いちょうなみき》だ。瞬間、綾瀬は自分が体を預けるシートの心地《ここち》好さに思い至った。

「……わ…っ…」

慌《あわ》てて起こそうとした体を、シートベルトが包み取る。

煙草《たばこ》の匂いが染みた車内は、ゆったりと広い。やわらかな革張りのシートが、車中とは思えない快適さで綾瀬の体重を受け止めていた。

「焦《あせ》るな。遅れちゃいねぇぜ？」

淀《よど》みのない動きで、狩納が自《みずか》らのシートベルトを外《はず》す。同じようにシートベルトを外そうとした綾瀬へ、狩納が腕を伸ばした。

瞳を瞬かせた綾瀬の口端に、男の親指が触れる。子供にするように唇を拭《ぬぐ》われ、綾瀬は大粒の瞳を瞠《みは》った。

「…あ……」

ぬれた感触があり、狩納が掬《すく》ったものの正体を覚《さと》る。

「よく寝てたな」

見る間に顔を赤くした綾瀬を眺《なが》め、狩納がもう一度指先で唾液《だえき》を拭った。

狩納が言う通り、助手席のシートに体を預け、自分は思った以上に深い眠りを得ていたらしい。

全く子供じみている。

恥ずかしさに身の置き所を失う綾瀬に構わず、狩納が運転席の扉《ドア》へ腕を伸ばす。開かれようとしたそれに、綾瀬は慌ててシートベルトを外した。

「だ、大丈夫です！　扉くらい自分で……」

転がり降りる勢いで、綾瀬が助手席の扉を開く。

冷たい十二月の外気が、するりと綾瀬の肩口を撫でた。

突然開かれた扉を、車の脇を通りすぎた女子学生が振り返る。

彼女だけではない。校門をくぐり、車寄せを通りすぎる学生のほとんどが、物珍しそうな目を車体へ向けていた。

無理もないだろう。大学の正門に止まるには、それはあまりに目立ちすぎた。教授や、裕福な学生のなかには、豪華《ごうか》な外車で構内へと乗りつける者もいる。それらのなかにあっても、狩納が運転する車は人目を惹《ひ》いた。

「送って下さって、ありがとうございました」

両手で鞄《かばん》を抱え、窓が開かれた運転席へ回り込む。

「いいから早くコート着ろ。風邪《かぜ》ひくぞ」

呆《あき》れたような狩納の指摘に、綾瀬は摑んだままでいたコートへと袖《そで》を通した。

「あ！」

腕を動かした拍子《ひょうし》に、抱えていた鞄がごとんと落ちる。声を上げた綾瀬を叱りもせず、狩納が運転席の扉に手をかけた。

「へ、平気です！」

慌ただしく鞄を拾い上げ、狩納が車外へ出るのをなんとか思い留まらせる。狩納は物言いたそうな様子だったが、何度も頭を下げた綾瀬に、短い息を吐いた。

「ケイタイ持ったか？」

「は、はい…！」

尋ねた狩納の腕が、再び綾瀬の口元へ伸びる。するりと撫でられた唇は、先程のようにぬれてはいない。じわり、と歯茎《はぐき》が痺《しび》れるような感覚を覚え、綾瀬が半歩体を引く。

真っ赤になった綾瀬に、狩納がにやりと眼の奥で笑った。

「講義が終わったらメール入れろ」

ゆっくりと走り出した車を、棒立ちのまま見送る。

「……」

長く続く塀《へい》の向こうへ車体が消えると、呻きとも溜め息ともつかない息がもれた。思わずへたりとしゃがみ込み、唇ごと、赤くなった顔を腕に押しつける。

口を半開きにし、子供のように眠りこけていた自分を思うと、どうしようもなくなった。

それだけでなく、大学の正門に車が着けられても気づかなかった己《おのれ》が呪《のろ》わしい。

大抵の場合、綾瀬は正門ではなく、人通りの少ない裏門からの出入りを望んだ。そもそも門どころか、近辺の適当な場所で降ろしてくれても問題はなかった。

だが全ては、綾瀬の意思のみで決められるものではない。

登下校のたび、人目を惹く車を走らせることも、なにより綾瀬をこうして大学へ通わせることを決めたのも、狩納だ。

若くして金融《きんゆう》会社を経営し、隙《すき》のない横顔を見せる男との暮らしは、早いもので半年を迎えようとしている。大学生の綾瀬とは、本来ならばおよそ接点などありようのない人物だ。

そんな狩納の姿を友人が見たら、なんと思うか。狩納が何者か、疑問を向けられても明確な答えを返せる自信がなかった。

買われたのだ。

従兄《いとこ》が作った借金の形《かた》に、非合法の競売《きょうばい》にかけられた夏の夜、綾瀬の生活は一変した。薬で朦朧《もうろう》とする体を、眩《まぶ》しい舞台《ステージ》へと引き立てられ、好奇の目に晒《さら》される。恥辱《ちじょく》と混乱に萎縮《いしゅく》した綾瀬を、一億以上もの大金を投じ、落札《らくさつ》したのが狩納だった。

常軌《じょうき》を逸《いっ》した生活の始まりは、今も綾瀬の喉元に苦く貼りつく。

自分を落札した代金は、その後膨《ふく》れ上がった利息と共に、綾瀬自身の借財《しゃくざい》となった。狩納は返済を催促《さいそく》しないが、だからといって借財そのものが消えたわけではない。

労働による返済を固く心に誓っていても、十代の自分が背負うには、億単位に上る借金はあまりに莫大だ。

友人たちに真実を話すなど、とてもできない。そうかといって、嘘《うそ》はつきたくなかった。借金の存在はともかくとして、狩納と生活を共にすると決めたのは、自分なのだ。

それまでの生活から切り離されたあの頃には、まさか狩納の隣で、無防備に眠れる日が来るとは思ってもみなかった。

まだ唾液の痕《あと》が残っていそうな口端を、指先でこする。

眠りの深さは、自分と狩納の関係の親密さを物語るようだ。狩納に限らず、誰かの隣で眠り、目覚める経験など、綾瀬には乏《とぼ》しい。

小学校を卒業する前に両親を相次いで亡くし、高校の卒業を待たず、育ての親と呼べる祖母とも死別した。両親とも、また祖母とも枕を並べて眠った記憶は数少なく、そして遠い。

狩納と暮らし始めるまでは、自分の傍《かたわ》らに、こんなふうに誰かのぬくもりを感じるなど、想像もしていなかった。唇に手を当てたまま、自分の身に起こる着実な変化を、思う。

「綾瀬？」

頭上から降った声に、綾瀬ははっと顔を上げた。

くすんだ冬の空とは対照的に、鮮《あざ》やかな緑色のマフラーが視界に飛び込む。防寒具を着込んだ男子学生が二、三人、連れ立って綾瀬を覗《のぞ》き込んでいた。

「あ…、おはよう」

親しい同級生の顔を見つけ、ほっと綾瀬の表情が綻《ほころ》ぶ。火のついていない煙草をくわえていた山口《やまぐち》和信《かずのぶ》が、不思議《は》そうに首を傾《かし》げた。

無精髭《ぶしょうひげ》を生やした山口は、とても綾瀬と同じ大学一年生には見えない。実際一度他の大学に入学した後、進路を変え、この大学を受験したのだという。綾瀬より二年年長だが、飄々《ひょうひょう》とした雰囲気《ふんいき》は、年齢以上に山口を大人びて見せていた。

「気分悪いのか？　綾瀬」

山口が口を開くより早く、背後に続いていた木内孝則《きうちたかのり》が膝を折る。すらりと背の高い木内に、同じ高さから顔を覗き込まれ、綾瀬は自分が蹲《うずくま》ったままでいることを思い出した。

「な、なんでもない！」

勢いよく立ち上がろうとした膝から、抱えていた鞄が滑る。地上に落ちる寸前で、木内の腕が布製の鞄を受け止めた。

「本当か。貧血とか、そんなんじゃなくて？」

「違うよ。平気。ありがとう、本当に、大丈夫…」

同級生たちに、外車から降りる姿は、目撃されずにすんだらしい。その事実に心底ほっとし、綾瀬は礼を言って鞄を受け取った。

「ならいーけど。んなとこでちっこくなってると、落とし物と間違われるぞ？」

笑った山口が、綾瀬の襟元《えりもと》へ腕を伸ばす。きょとんとして顎《あご》を上げると、山口の指が白いコートの襟を引き出した。

どうやら慌てて羽織《はお》ったせいで、襟を内側へ折り込んでいたらしい。

「ま、落ちてんのがお前だったら、拾いたいやつは多いかもな」

「……俺、人間だから一割謝礼って言われても、難しい…かな」

今鞄に入っている財布の中身は、厳密には綾瀬の持ち物でなく、狩納のものだ。

財布から一割謝礼を出せと言われても、とてもできない。眉根《まゆね》を寄せ、真顔で応《こた》えた綾瀬に、山口が声を上げて笑う。

笑われた理由が解らず木内を振り返ると、木内は物言いたげに唇を引き結んでいた。

「そうきたか」

一人呟いた山口が、綾瀬の肩を軽く促す。友人と肩を並べてくぐる銀杏並木を、十二月の陽射しが心地好く照らした。


「俺、もう死にたい」

肺腑《はいふ》の奥底から、寺内一樹《てらうちかずき》が呻きをもらした。

「裕美《ゆみ》ちゃんに捨てられるくらいなら、俺死ぬ」

大学構内の北端にあるクラブ棟は、周囲を高い校舎に囲まれているせいで日当たりが悪い。特に一階に位置する桜会《さくらかい》の本部室は、昼間でも電気の明かりを必要とした。

「え？　裕美ちゃんって書記の子だよね。つき合ってたんだ。則子《のりこ》ちゃんとはどうなったの？」

古いパイプ椅子《いす》に馬乗りになり、三島孝《みしまたかし》が寺内を覗き込む。

慎重に携帯電話を操作していた綾瀬もまた、顔を上げた。

隣の机に、数人の男子学生が溜まっている。皆、桜会の会員だ。手元の書類そっちのけで、全員が寺内の話題に耳を傾けていた。

桜会とは、文化祭など学内の催事を主催したり、講演会を企画する学生主体の活動団体だ。学部ごとに設《もう》けられた学生会とは違い、校内から広く人材を募集するのが特徴だった。

夏休みが明けるまで、存在は知っていても、綾瀬とはまるで関わりのなかった団体だ。

しかしこの三週間ほど、綾瀬はほぼ毎日、このクラブ棟を訪れ、桜会の企画に携《たずさ》わっていた。

「則ちゃん、俺が鍋《なべ》以外作れないって解ったら、出てっちゃった。でもも一い一の、則ちゃんのことは終わってるから。今問題なのは裕美ちゃんなわけよ」

「いやも一、すごいよね寺内、休み明けから何人の女の子とつき合ってんの」

「お前に言われたかない、三島」

呻き、寺内が冷たい机に突《つ》っ伏《ぷ》した。

三島の言葉も尤《もっと》もだが、寺内の反論も尤もだ。

離れた席に座る綾瀬でさえ、思わず胸の内で呟いてしまう。

桜会が担当するのは、主に催事の裏方だ。しかし人と多く関《かか》わる活動だけに、そこに集《つど》う者は明るく社交的な学生が多い。そうした華やかな気風のせいか、あるいは男女が同じ目標をもって一部屋に集まるとそうならざるを得ないのか、恋愛関係に絡む話題が途切れる日はなかった。

「俺のは今度こそ運命の人だから。ところで綾瀬、綾瀬って彼女いるの？」

出し抜けに尋ねられ、咄嗟《とっさ》に応えられず綾瀬が目を見開く。

「え？　……ええ…？」

あまりにも唐突《とうとつ》な問いに、引きつった声を出した綾瀬を、男子学生たちが振り返った。

三島は綾瀬と同じ一年生だが、留年しているので実際は一つ年長だ。留年前から学部の学生会に所属しており、社交的で顔も広い。綾瀬を始め、文化祭後に数人の生徒をこの桜会に勧誘した張本人でもある。

「ほらそのメールとか」

握ったままでいた携帯電話を示され、綾瀬は反射的に首を横に振った。

「これは……」

綾瀬がメールを送る相手など、数えるほどしかいない。最も頻繁《ひんぱん》に連絡を取り、またこの瞬間に送信しようとしている相手も狩納だった。

同居する男性へメールを打っている現実を、どのように説明すればいいのだろうか。そもそも、説明のしようなどあるのだろうか。

桜会の人間に自分が置かれた境遇が知れたなら、どんな反応が返ってくるか、想像するだけでも恐ろしかった。

「最近、綾瀬頻繁にメール打ってるなーと思って。ちょっと雰囲気変わったし、誰かつき合ってる人、いるのかなと思って」

座っていたパイプ椅子を引き摺り、三島が体ごと綾瀬へ向き直る。周囲の男子学生も、興味深げに綾瀬を見回した。

「確かになー。雰囲気変わったよな、綾瀬」

「うん。桜会とか、こーゆーうるさい会、入ってくれなさそうなタイプかと思ってた」

しみじみともらした寺内に、三島が胸を反《そ》らす。

「俺は絶対入ってくれると思ったけどね。で、綾瀬、彼女は？」

「い、い、いないよ、か、彼女なんて……」

真っ赤になった綾瀬の返答に、三島が意外そうに双眸《そうぼう》を見開いた。

「えー、本当に？　じゃあ、どんな子が好み？　桜会、レベル高いでしょ。胸おっきい子が好きとか、スレンダーな子が好きとか、ちょっとそのへん聞かせてよ。協力するから」

この《・・》なにを、どうやって協力してくれるというのだ。

あまりにも気軽な問いに、綾瀬は目を白黒させた。

男子学生が、女性の胸を話題にすること自体は珍しくないが、そうした問いを綾瀬自身に向けられた経験は少ない。思わず脳裏《のうり》に浮かんだのは、染矢薫子《そめやかおるこ》の豪奢《ごうしゃ》な美貌《びぼう》だった。

染矢は狩納の幼馴染《おさななじ》みであり、新宿《しんじゅく》でオカマバーを経営する男だ。女性の装いに身を包む染矢は、綾瀬が知る限り最もうつくしい者の一人だった。

そんな染矢の胸元に、自分は注目したことがない。

当たり前すぎることだが、染矢の胸元に、自分の理想を投影した経験もないことを改めて知った。

「胸とかこだわりない？　じゃあ、どんな女の子が好き？　ってか好き？　女の子」

異性が好きか、と。

至極《しごく》当然な問いに、綾瀬は半ば条件反射的に頷いた。

考えるまでもないことだ。

そう確信していながら、咄嗟に声に出し肯定《こうてい》できなかった綾瀬を、三島がまじまじと覗き込む。

「本当？　彼氏とかいたりして？」

悪戯《いたずら》に笑われ、綾瀬は今度こそ心臓が口から飛び出しそうなほど驚いた。

彼氏。

なにを根拠に、そんなこと言うのだ。

まさか今朝登校する自分を、見られていたのか。

狩納に施された口吻けを思い出し、綾瀬は大きく首を横に振った。

「あ、あれは……」

「なーんてな！」

あっけらかんと、三島が綾瀬の肩を叩く。薄い綾瀬の肩を掌《てのひら》で包み、三島が何度も頷いた。

「さっすがにそれはないかー。でも彼女いないと誤解《ごかい》されちゃうぜ？　巨乳好きの俺でもぐらっとくるぐらい可愛《かわい》いもん、綾瀬」

にこやかに、三島が綾瀬の胸に腕を伸ばす。真正面から両手を押し当てられ、綾瀬はなにが起きたか解らず、硬直した。

「あー、ちっちゃ。てかなんにもないや」

感心したように三島が頷き、掌で上下に胸をさする。服の上からぎゅっと胸を刺激され、綾瀬は息を詰まらせた。

「み、み、三島君…っ」

引きつった声を上げ、綾瀬がくの字に体を折る。さっと上気した綾瀬の目元に、取り囲む男子学生が思わず息を詰めた。

本部室では、綾瀬たち以外にも十名ほど、会員たちが打ち合わせをしたり、各々《おのおの》の作業に取り組んでいる。そうした者たちの視線までもが、何事かとこちらを振り返っていた。

「…なんだろ、妙に興奮するよね。ヤバイかなー」

真面目に眉間《みけん》に皺を寄せる三島は、まだ綾瀬の胸を撫でている。咄嗟のことに、その手を振り払えずにいた綾瀬の背後で、ばたん、と椅子が倒れる音が響いた。

「セクハラ発見！」

椅子が倒れたのとは反対の方向から、華やかな声が飛ぶ。

振り返ると、井上《いのうえ》花梨《かりん》が細い腰に手を当て、三島を見下ろしていた。

「まーた綾瀬君いじって。強引に勧誘した上にこんなんじゃ、かわいそうじゃない」

かわいそうと口にしながらも、井上の声音は少しも同情を含んでいない。明るい茶色の瞳を見上げ、三島が大袈裟《おおげさ》に首を竦《すく》めた。

「人聞き悪いなー。スキンシップだよスキンシップ。それに綾瀬は、バイトで大忙しの俺をかわいそうに思って、自分から桜会に入ってくれたんだし」

「嘘。いきなり部室に連れてきて、明日から僕の代わりに来る綾瀬君です、よろしくね、なんて本当、調子いいんだから」

「それが俺のいいところでしょ。この調子で点灯式本番も、バシバシ乗りきっちゃうよ」

反省の色は微塵もないが、明るく笑われると憎めないのが三島の不思議なところだ。親指を突き立てた三島に、井上が溜め息をつく。

秋の一大行事である文化祭は終わったものの、構内を飾るクリスマスイルミネーションは、桜会の重要な仕事だ。電飾は十二月二十五日まで、毎年構内を彩《いろど》った。なかでも最も派手に飾りつけられるのが、銀杏並木と中庭にある樅《もみ》の木だ。桜会総出で準備を終え、点灯式に一斉《いっせい》に光りを入れるのが慣わしらしい。

その点灯式を来週に控《ひか》え、本部室には連日、多くの学生が出入りしていた。

桜会での綾瀬の役割は、主に書類の作成管理だ。どこにどのような飾りを設置するのか、図解を交えた企画書類が桜会の会員へは大量に配布されている。

勿論《もちろん》綾瀬自身も、点灯式の前日には会員と一緒に、電飾の設置を行う予定だ。ツリーなどの準備の他に、点灯式の際、司会や挨拶《あいさつ》に利用する櫓《やぐら》を組むなど、準備すべきことは沢《たく》山《さん》あった。

「全くもう。あ、綾瀬君、携帯電話の番号、教えてくれない？　三島君、ちゃんとリストに載《の》せてないんだ」

隣に腰を下ろした井上に尋ねられ、返答に窮《きゅう》する。

手にした携帯電話は綾瀬のために購入されたものだが、契約《けいやく》者は当然のように狩納だ。携帯電話に限らず、綾瀬の身の回り品のほとんどは、綾瀬自身の持ち物ではない。その現実を上手く説明できず、綾瀬は戸惑った。

「え？　綾瀬君ケイタイあるんだ。メアド教えてよ」

斜《なな》め向かいの席で、書類を捲《めく》っていた和田《わだ》桃香《ももか》も会話に気づき顔を上げる。和田も井上も、綾瀬と同じ学部の一年生だ。

「桃香、なにそれかわいいー」

和田が取り出した携帯電話に、銀色に光る雪の結晶《スノーフレーク》を見つけ、井上が歓声を上げた。

「やっぱり？　花梨も欲しい？　あ、綾瀬君の分もあるよ」

言うが早いか、和田が鞄を掻《か》き回し、布でできた雪の結晶を取り出す。紙袋に幾《いく》つも詰められたそれは中指ほどの大きさで、所々光る石が縫い込まれていた。

「ありがとう、でも……」

「俺にはないの？」

楽しそうに、三島が尋ねる。

「ないない」

「残念三島君。そうだ、それちょっと貸して」

結晶をつまんだ井上が、なにかを思いついた様子で立ち上った。雑多な道具類が置かれた棚から、缶に入った裁縫道具を持ち出す。

待つまでもなく、髪留めに結晶を縫いつけた井上が、にっこりと笑った。

「ね、ちょっとだけ触っていい？　綾瀬君、本当に染めてないの、この髪」

綾瀬の背後に立ち、井上の指がするりと髪を掻き上げる。

「え？　い、一応、地毛だけど……」

驚いて振り返ろうとしたが、髪を手にされていては上手くいかない。

「動かないの」

笑いながら、和田が窘《たしな》めた。

「すごーい。ていうか、憎いー。綾瀬君の髪、超さらさら。男の子の髪じゃないみたい」

「わー、ホント」

手際よく髪を梳き上げた井上に釣られて、和田までもが綾瀬の髪に手を伸ばす。襟元に灰色のファーをあしらった和田の肩が近づき、微《かす》かに甘い匂いが触れた。

女の子の、香りだ。

以前綾瀬は、染矢が経営するオカマバーでアルバイトをさせてもらった経験があった。店で働く者たちには、男性であることが疑わしく思えるほど、うつくしい者も多い。しかし実際本物の異性を目《ま》の当たりにすると、また違う感慨《かんがい》に襲《おそ》われた。

オカマバーで働く者たちと、同級生の少女たちとでは違って当たり前なのだ。

嗅《か》ぎ慣れたと思っていた香水の匂いに、爪先《つまさき》まで緊張している自分に気づき、綾瀬は益々《ますます》体を堅くした。先程、三島にあんな質問をされたせいかもしれない。

「ね？　よくない？」

はしゃいだ声を上げ、井上が綾瀬の髪を結晶がついた髪留めで括《くく》る。恐る恐る、自分の頭へ手をやると、やわらかな人工の雪が触れた。愛らしい雪を飾る綾瀬を、他の会員たちも面白そうに振り返っている。

「似合う！　ってか、似合いすぎ。瑞希《みずき》も呼んでこようよ。あ、その前に写メか」

携帯電話を構えた和田に、綾瀬はおろおろと両手を振った。

「あ、あの……」

「綾瀬。清書終わった？」

低い声音が、後方から綾瀬を呼ぶ。一同の視線が、先程椅子が倒れた窓際を振り返った。

電卓を手に立ち上がった木内を見つけ、ほっと綾瀬の唇が綻ぶ。

「う、うん。終わった。プリンタって、今ここの使えるんだっけ？」

木内は綾瀬と同じく、三島に勧誘され文化祭後から桜会に入った者の一人だ。今では几帳面《きちょうめん》な性格を買われ、会計補佐を担《にな》っている。

「試し刷りならね。プリンタ古いから、また字がよれちゃうんだよ」

「本原稿は、学生会館行くか、自宅で刷り出さないと駄目なの。明日にはメンテが来るって話だけど、桜会、金なさすぎ」

木内が応えるより早く、三島が声を上げた。

「木内君、会計なんでしょー。プリンタとか新しくしてよ」

「…無理。予算、足らない」

木内らしい返答に、井上が和田と顔を見合わせる。

「愛想《あいそ》なーい」

「でもそこが格好いいんじゃん？　ちょっと」

ぼやいた井上に、和田が小声で応じた。友人をまじまじと見て、井上がきれいに整えた眉を寄せる。

「桃香、気が多すぎ」

「そんなことないって。媚《こ》びない感じとかよくない？　花梨のフェミニン趣味より断然いいし」

和田の視線が、プリンタへ向かおうとしていた綾瀬を、ちらりと見た。髪飾りを外そうとした腕を見咎《みとが》められ、綾瀬が体を縮める。

「学生会館行こう。綾瀬」

ノート型パソコンへ近づいた木内が、開いたままの画面を覗き込んだ。マウスを操《あやつ》り、必要な書類を移し取る。

「え？　いいの木内、打ち合わせ」

窓際の席では、会計と仕入れの関係者が机を囲んでいた。木内は余程急いで席を立ったのか、皆はまだ手元の書類を捲っている。

「もう終わったから。俺も学生会館でコピー、取りたいし」

手にした書類を示され、綾瀬は三島たちに別れを告げて部屋を後にした。

「…あ！　コピーも俺が取ってこようか」

ちいさな声を上げ、綾瀬が通路で足を止める。

クラブ棟と学生会館は、隣り合って建つ建物だ。移動するにも大して時間はかからないが、木内の分のコピーも、自分がすませれば尚早い。

自分の気の回らなさに思い至り、綾瀬が木内を振り仰《あお》ぐ。

コートも羽織らず外に出た木内が、肩を竦めた。

「いいよ。行こう」

促され、学生会館へ向かおうとした綾瀬の鼻先で、今度は木内が足を止めた。

「わ…っ」

ぶつかりそうになり、声を上げた綾瀬を木内が見下ろす。

すらりと背の高い木内だが、猫背気味なせいか実際よりほんの少し小柄《こがら》に見えた。染められていない真っ黒な前髪が、同じように黒い目の上に落ちている。

「……ごめん、俺、言い方きつい？」

「え？」

思ってもみなかった問いに、綾瀬は大きく目を見開いた。

「さっきも、迷惑じゃなかった？」

綾瀬から視線を逸《そ》らし、木内がぼそりと言葉を続ける。唐突な言葉の意味が解らず、綾瀬は首を横に振った。

「迷惑って……声かけてくれたこと？」

三島や井上にいじり回され、戸惑う綾瀬の様子を、木内は察してくれていたのだ。勿論、綾瀬も井上たちを煩《わずら》わしく思っていたわけではない。

ただ、困惑していたのだ。

他人に上手く会話を合わせたり、切り抜けたりする器用さは綾瀬にはない。苦しいのは、会話そのものでなく、自分の不器用さが相手を不快にさせるのではないか、そうした不安だ。

必要以上に、自分を卑下《ひげ》したいとは思わない。それでも人と接し、視線を受けるとき、綾瀬はどうしても萎縮《いしゅく》してしまう自分を恥じていた。

「余計なことだったら、俺……」

視線を伏せた木内に、綾瀬がもう一度首を横に振る。

「まさか、そんなことないよ、余計だなんて」

否定した綾瀬に、木内が初めてほっとしたように唇を綻ばせた。こういう表情を作ると、木内は几帳面そうな堅さが解けて、穏やかな雰囲気になる。だがすぐに、木内は薄い唇を引き結び、笑みを消した。

「迷惑だったら、言って」

口にしてから、何事かに気づいた様子で、木内が視線を上げる。

「……俺、喋《しゃべ》るの下手だから、色々、あれだけど」

自分の物言いが、綾瀬を不快にさせているのではないか。そう気遣った木内の腕を、綾瀬はそっと摑んだ。

「ううん、俺…木内といるとなんかほっとする」

衒《てら》いのない綾瀬の言葉に、木内が双眸を見開く。

眩しそうに綾瀬を見た目が、戸惑うように伏せられた。

言葉数の少ない木内は、確かに人から誤解を招きやすい一面もある。

しかし不必要な大声を上げたり、甲高《かんだか》く物事を誇張《こちょう》しない木内の声は、いつでも綾瀬を安心させた。

少ない言葉一つ一つの誠実さと同時に、木内自身が持つ雰囲気に、安堵《あんど》している自分がいる。似て、いるのだ。

それは多くの部分ではないかもしれない。

だが自分の言葉の足りなさに苛立《いらだ》ち、それが他人を傷つけ、自分から遠ざけるのではないか。その不安と焦燥《しょうそう》を抱え、余計に言葉を磨《す》り減らしてゆく不器用さは、ほんの少しだが自分に重なった。

「でも俺といたって、つまんなくないか？」

「そんな……俺なんてもっと、つまんないやつだよ」

するりと、自分の唇を越えた言葉に、綾瀬自身が驚く。

声にしてみると、その現実は思いの外悲愴《ひそう》感なく響いた。思い詰めていたわけではなかったが、こんなにも簡単に、劣等感を吐き出せるのが不思議ですらある。

「嘘」

心底驚いたように、木内が目を瞠った。

「だって俺……」

言葉を続けようとした綾瀬へ、木内が腕を伸ばす。頭上を過《よぎ》った腕に驚くと、木内の指が髪をつまんだ。

「綾瀬、十分面白いぞ」

かさ、と木内につまれ、雪の結晶が乾いた音を立てる。

髪にまだ飾りをつけたままでいることを思い出し、綾瀬は、あ、と声を上げた。

「わ…っ、さっきの…！」

部室で外そうとしたが、和田に見咎められ、果たせないままだったらしい。もしかして先程から通路に溜まる男子学生たちが、ちらちらとこちらを見ているのは、これのせいか。

「は、早く言ってよ、木内」

慌てて飾りを外した綾瀬に、木内が声を上げて笑った。

入学以来一緒にいることが多い木内だが、こんなふうに笑うことは珍しい。きょとん、と木内を見上げ、綾瀬は手のなかの雪の結晶を見た。

「木内！」

少し大きな声を出してみたが、気分が悪いわけではない。

今度は木内も、すぐに笑いを収めたりはしなかった。

「行こうか、綾瀬」

まだ声を笑わせたまま、木内が学生会館へ綾瀬を促す。白い飾りを手に、綾瀬も木内と肩を並べた。

ちいさな唸《うな》りが、小書斎《マルチルーム》に響く。

窓際に置かれた机を立ち、綾瀬はプリンタ複合機を覗き込んだ。

乳白《にゅうはく》色のブラインドを下ろした窓から、ひっそりと冷気が染みてくる。ちいさな空間《スペース》をあたためるのは、足元に置かれた電気ファンヒーターだ。

加湿器《かしつき》を兼ねた暖房器具《だんぼうきぐ》は家庭的で、瀟洒《しょうしゃ》な室内には似合わない。

寝室と磨り硝子《ガラス》で仕切られ、二面を本棚に囲まれた小書斎は機能的でうつくしかった。飴色の机に向い、ブラインドを上げれば新宿に瞬く電飾《ネオン》を眺めることができる。小書斎からだけでなく、窓の多いマンションからは、どの部屋からも街を見下ろせた。

夏まで綾瀬が暮らしてきた一人住まいのアパートとは、広さも立地も比《くら》べようがない。

深まる夜の気配を感じながら、綾瀬はプリンタから吐き出された用紙をつまんだ。

「あとは……」

きれいに印字された文字を目で追い、声に出して呟く。

時刻は午後十一時をすぎたばかりだ。風呂をすませた綾瀬は、どうしても眠気を感じてしまう。

昨夜十分疲れを癒《いや》せていないのも、その一因かもしれない。

そう考えて、首筋のあたりにひりつくような羞恥《しゅうち》を感じた。唇を引き結ぼうとした綾瀬の背中に、不意に黒い影が落ちる。

「…っ……」

「また空調切ってんのか。風邪ひくぞ」

息を詰めるのと、声が皮膚に触れるのと、どちらが早かったのか。

驚き、振り返ろうとした視界が翳《かげ》る。

「お、お帰りなさい……」

頭上から、黒い影が綾瀬を呑み込んでいた。いつの間に玄関の扉を開き、小書斎まで至っていたのだろう。首筋のすぐ間近に、狩納の呼気《こき》を感じ、綾瀬は息を詰めた。

「んな気に入ってんのか、こいつ」

足元の電気ファンヒーターに眼を落とし、狩納がネクタイを引き抜く。

「ここにいるだけなら、これで十分ですから。加湿中も、壁紙は傷《いた》まないらしいですし…。今ヒーター、つけますね」

緊張を解き、綾瀬は壁に取りつけられた操作盤《コントロールパネル》に指を伸ばした。

大型のマンションは、部屋のみならず廊下にまで空調が取りつけられている。それらは全て、各部屋にある操作盤で制御されていた。便利な上に快適なのだが、綾瀬の感覚からするとどうしても贅沢《ぜいたく》に思えてしまう。狩納が在宅している時はともかく、自分一人で小書斎にいる限り、ちいさなファンヒーター一台で事足りた。

「お前が風邪ひかずにすむなら、俺はどっちでもいいぜ」

寒そうな様子も見せず、狩納がネクタイを椅子に引っかける。

使い古された暖房器具は、数少ない綾瀬自身の持ち物だ。アパートで使っていたものを、狩納に頼み、十一月になる前に持ち込ませてもらった。

暖房で部屋をあたためるとどうしても空気が乾き、喉が痛む。頑丈《がんじょう》な狩納は堪《こた》えた様子がないが、綾瀬には少し辛い。自衛策で洗濯物を室内に干させてもらったりするのだが、瀟洒なマンションにそれはどうにも不似合いな光景だった。

「今年は、少しあったかいですよね。風邪、ひかなくてすみそうです」

笑った綾瀬に、狩納が歯の隙間から短く息を絞る。

「すみそう、じゃなくて、ひくんじゃねえ」

伸びた指が、くしゃくしゃと綾瀬の髪を掻き回した。乱暴な動きだが、それは決して綾瀬を傷つけない。

親密な仕種《しぐさ》は、綾瀬の胸の内側をあたたかにする。

狩納と、こんな気楽な接触を持つなど、出会った当初には思いもつかないことだった。今だって、そうすべき相手ではないのかもしれない。

解っていても、狩納との生活を選んだのは自分だ。

薄い唇を静かに引き結んだ綾瀬が、ふと床に置かれた鞄を視界に留める。綾瀬の動きを追い、狩納もまた振り返った。

「……なんだありゃ」

狩納が怪訝《けげん》そうな声を出すのも無理はない。鞄には、見慣れない雪の結晶が下がっている。

「あ…！　貰ったんです、大学で」

和田が取り出した布製の雪は、結局髪飾りではなく、ちいさな提げ飾りに作り替えられた。

「大学？　染矢じゃなくてか」

軽く眉根を寄せ、狩納が疑わしげな声を出す。

華やかなものを好む染矢は、綾瀬にもそうした品々を差し入れてくれた。綾瀬の趣味とは思えないこの白い雪も、狩納は染矢からの贈り物だと考えたのだろう。

「やっぱり俺が持つには…変、ですよね」

部室での一件を思い出し、綾瀬は溜め息をついた。井上にも和田にも、また三島や寺内にしても、当然悪気があってのことではない。上手く対応することも、かわすこともできない自分が恥ずかしいのだ。

「女か？」

狩納の声に宿った響きに、綾瀬がはっとして顔を上げる。部屋の明かりを受け、鈍《にぶ》く光る狩納の眼光と出合い、不意に喉の奥が渇いた。

「…え？　ええ、くれたのは女の子…です」

綾瀬の返答の終わりを待たず、狩納の鼻面《はなづら》に皺が刻まれる。たったそれだけの変化で、狩納を取り巻く雰囲気が剣呑《けんのん》に歪《ゆが》んだ。

だがそれも一瞬のことだ。

息を呑んだ綾瀬に気づき、狩納が剝《は》ぐように視線を雪の結晶へ移す。

「……桜会、か」

吐き出された声の苦さに、綾瀬は声もなく頷いた。

「クリスマスの飾りを探してたら、サンプルを沢山貰ったからって……」

「……解った」

低くもらされた言葉は、狩納らしくもなく歯切れが悪い。綾瀬を見た狩納の眼が、再びすぐに逸らされた。

「…気に入ってんのか?」

吐き捨てるように、狩納が尋ねる。それでも先程の剣呑さはなく、綾瀬はほっと肩の力がゆるむのを感じた。

「そういうわけじゃ……」

悪意のない贈り物を、無下《むげ》にするつもりはない。だが狩納が不愉快に思うのなら、是が非でも鞄につけていたいとは思わなかった。

「だったら外しとけ」

短く告げた狩納に、素直に頷く。

狩納がそうしようと思えば、頭ごなしに雪を捨てるよう命じることもできた。しかし狩納は、綾瀬の意思を尋ねてくれたのだ。

飾りを下げることが、取るに足らない問題だからではない。

自分が関知しない場所から持ち帰ったものを、狩納は愉快には思っていないだろう。大学へ通うことだって同じだ。

綾瀬が、望むから。

諸手《もろて》を上げて歓迎する理由が一つもなくとも、綾瀬が望むから、幾つかの条件と引き換えに、それを許しているにすぎない。

桜会へ入りたいと相談した時も同じだ。今までより帰宅が遅くなり、余計な雑事を抱え込むことになる綾瀬に、狩納は最初難色《なんしょく》を示した。以前の狩納ならば、辞《や》めろと一言、命じるだけだっただろう。そもそも綾瀬自身、桜会に入りたいなどと、希望を口にすることこそできなかったに違いない。

「……捨てるのは申し訳ないから、残しておいてもいい…ですか？」

雪の結晶を支える鎖を外し、綾瀬が怖《お》ず怖《お》ずと尋ねる。

舌打ちしたそうに顔を歪めたが、狩納はちいさく頷いた。

「好きにしろ」

男の返答に、ほっと綾瀬が息を吐く。どこに片づけるか迷い、綾瀬は机の抽斗《ひきだし》を開いてそこに滑り込ませた。

「あんま余計なもん貰ってくんなよ」

窘める声で嘆息し、狩納が掌を綾瀬に伸ばす。

「あ…」

視界が翳り、ぞろりと顔全体を撫でられた。

「雪はともかく、風邪、とかよ」

仕方なさそうな口振りを作った男の体が、背中に当たる。背後から引き寄せられ、狩納の腕のなかで体を反転させられた。

正面から覗き込む男が、腰を屈め視線の高さを合わせてくる。

「狩……」

「なんか眠そうだな、お前」

先程まで綾瀬を取り巻いていた眠気を看破《かんぱ》され、頰に血が昇った。今朝は登校中の車のなかから、失態続きだ。

「熱とか、あるわけじゃねえだろ?」

呼気が触れる近さで尋ねた狩納が、綾瀬の額へ額を当ててくる。狩納の整髪剤の匂いが近くなり、焦点を欠くほどの距離から双眸が綾瀬を見た。

「…ん…」

当たり前のように重なってきた唇に、爪先がきゅっと緊張する。

唇の表面が触れただけの口吻けは、すぐに離れた。今朝大学の正門で与えられた口吻けより、余程罪のない接触だ。

思い出すだけで、顔に血が上る。決して人に見咎められてはいけない行為なのに、無防備に受け入れていた自分が恥ずかしい。

見られていないとしても、男同士のこうした接触は安易に交わすべきものではないだろう。

戸惑いは本能と同じで、いつでも綾瀬を臆病《おくびょう》にした。

「唇、冷てぇな」

独り言のように呟いて、狩納がもう一度唇を寄せてくる。

強張《こわば》る綾瀬を捕らえ、今度はすぐに、舌先が唇の隙間を舐めた。びくついた体ごと胸に抱え、狩納がつるりとした肉の内側を舌で撫でる。

「ん……」

毎日のように交わす行為でありながら、羞恥心は拭えない。

鼻腔《びこう》の奥まで、微かに痛んでくる。声もなく呻いた綾瀬の唇の奥へ、狩納の舌が伸びた。いつの間に歯列が開いていたのか、自分でも解らない。

「……ふ…」

「内部《なか》は、熱《あち》ぃぜ？」

ず、と音を立てて綾瀬の唾液を啜《すす》った狩納が、確かめるように呟く。

「か、狩納さん、ご…飯……」

考えるより先に言葉が口をついて出て、我ながらあまりの陳腐《ちんぷ》さに目が潤《うる》んだ。

「お前、食ったんだろ？　俺も後で、勝手に食う」

狩納は調理ずみの料理を、自分でレンジに入れることさえしない男だ。そんな狩納が一人で台所に入り、まともな食事を摂《と》るはずがない。結局、今は食事などどうでもいいということだろう。

「それより昨日の続き、しねえとな」

笑った狩納の両手が、綾瀬の尻を左右から摑んだ。

「痛……っ…」

ぎゅ、と強い力で揉《も》まれ、口吻けと同じ痺れが皮膚に広がる。ぴんと張った厚いコーデュロイの上を、狩納の指が動いた。窪《くぼ》んだ尻の狭間《はざま》をぐりぐりと揉まれ、綾瀬が顎を突き出す。

「まだ敏感なままみてぇだな」

右手で尻をいじりながら、もう片方の腕が綾瀬の着衣を摺り下げた。下着ごと膝近くまで下げられ、さぁっと太腿《ふともも》に鳥肌が立つ。

「…や……」

足元が揺れて、反射的に声が出た。鋭利に輝く狩納の眼光が、にやりと笑う。

「ここでやりてぇのか？」

猶予《ゆうよ》を求めた綾瀬の呻きを、狩納が皮肉で返した。息を詰めた綾瀬を、狩納の腕が易々《やすやす》と机に押し上げる。

「冷た…っ…」

両足が浮くと、呆気《あっけ》なくパンツを毟《むし》り取られ、下半身が剝《む》き出しになった。長いニットの裾《すそ》が股間《こかん》を隠したが、そんなもので狩納の動きを制限することはできない。

「…っ…」

「ベッドより、こっちの方がよく見えるな」

にやついた狩納の掌が、そっとニットを捲り上げる。そのまま両方の膝を胸より高く持ち上げられ、綾瀬は咄嗟に後ろ手で体を支えた。

「で、電気を……」

寝室に比べ、どうしても小書斎の照明は明るい。卓上灯までもが、綾瀬の股間を容赦《ようしゃ》なく照らした。

「お前も見てみろよ」

綾瀬の瞳を覗き込み、狩納が尻の肉を掌で押し開く。安定を求め、せめて机の端に踵《かかと》をかけようとするのだが上手くいかない。

「ぁ……」

狩納の小指の先が、狭間にある窪みへ密着するのを感じ、綾瀬は唇を噛《か》んだ。

指を敏感な場所へ擦りつけたまま、狩納が掌を動かす。

「…っ、…や、それ……」

訴えた綾瀬の膝頭《ひざがしら》へ、狩納が唇を押し当てた。

「ちっせー尻だよな、本当に」

更に尻を引き上げられ、綾瀬の肘が机に落ちる。指が当たる粘膜の入り口が、男の視界に明らかになった。

「見…ないで……」

羞恥に、首筋までもが赤くなる。昨夜も狩納の指で、散々いじられた場所だ。だからといって、見られることへの羞恥が薄らぐわけもない。

むしろいまだ昨夜の痕跡《こんせき》を残す場所を覗き込まれるのかと思うと、泣きたくなった。本来そうして触れられるべきではないそこは、まだぼんやりと熱を含み、腫《は》れたようになっている。目で確かめなくても、恥ずべき自分の体の変化はよく解った。

「ちゃんと口閉じてんじゃねえか」

大きく足を開かせ、その間に陣取った男が真上から見下ろしてくる。

「う…」

堅く目を閉じると、皮膚から伝わる感覚が鋭さを増した。

尻の肉から離れた狩納の指が、粘膜の周囲をそっと押す。

「……っ…」

粘膜の中心が、狩納の指に伸ばされ微かにゆるんだ。

「やっぱ奥は赤《あけ》ぇな」

医者のように呟いて、狩納が更に顔を寄せてくる。唇を噛んで耐えると、投げ出した足先がぶるぶるとふるえた。

「まさか大学で、誰かにいじってもらったんじゃねえだろうな」

意地悪く囁き、今度は両手で粘膜に触れてくる。

「そ、そんな…こと…っ」

否定しようにも、親指を使い両側へ押し開かれると声が出ない。

「本当か？」

「ひ…っ……」

囁きの終わりがぬれた舌先へと変わり、粘膜に触れる。

突然のことに、瞬間、ぐっと胸のあたりで息が詰まった。

「…ま……、か、狩納さん、や…め……」

跳《は》ね上がった踵が、筋肉に覆われた狩納の体にぶつかる。背中か、あるいは脇腹か、解らなかったが、狩納には全く堪えた様子はない。

「暴れるな」

舌を当てながら命じられ、体が竦む。尖らせた舌先は弾力があり、堅い。突くようにいじられると、その太さに恐ろしさが湧いた。

「あっ、あ……」

数分前まで、普通に雑務を行っていた机で、引きつった声をもらす。

狩納が尚も高く足を持ち上げると、肘どころか背中全体が机に落ちた。斜めに転がる綾瀬の瞼へ、強い明かりが突き刺さる。

「動くぜ。お前のココ」

狩納の言葉通り、舌先を押し当てられた場所がきゅ、と竦んだ。

「…ぅ…っ……」

呻いた綾瀬の性器へ、狩納が手探りで触れてくる。時折狩納の前髪で擽《くすぐ》られていた場所は、すでに張り詰め、先端をぬらしていた。

「こっちもな」

びくびくと脈打つ性器の反応を確かめ、狩納が笑う。

「は…、ぁ……」

無意識に綾瀬の腰が動いて、狩納の掌へ性器を押しつけた。羞恥を感じながらも、刺激を欲しがり体が揺れる。狩納の手に当たると、自分の肉の熱さや堅さがよく解った。

「でも今日は、ゆっくりこっち、可愛がってやる約束だったよな?」

思い出したように囁き、綾瀬の性器から、呆気なく狩納の指が逸れる。

「あ……」

泣き声に近い声がもれて、ぬれた瞳が思わず狩納を追う。

真正面から視線を受け止め、狩納がにっと笑った。

昨夜寝台で与えられた以上の恥辱を、狩納は強《し》いようというのだ。狩納の口で性器を舐められ、昨夜も幾度となく射精した。狩納の肉を、尻に埋めてからも同様だ。腹のなかに吐き出された、狩納の精液を指で掻き出されるのにさえ感じた。

だが昨夜の綾瀬は、疲弊《ひへい》しすぎていた。快感を感じ、粘膜は狩納の指に絡みつくが、体はぐったりと寝台に沈む。限界を見て取った狩納に、明日はもっと尻を可愛がってやると、甘い声で告げられた。

宣告を思い出し、ぶるりと、意識とは無関係に体がふるえる。

「そん…な……」

「嫌なのか?」

心底意外そうに狩納が眉を吊り上げた。綾瀬の腿を支えたまま、男が机の抽斗を引く。

「…っ……」

真新しいローションの瓶をつまみ出され、綾瀬は恥ずかしさに目を逸らした。

「…ひゃ…っ……」

とろりと、身構える間もなく下腹に冷たい液体が垂《た》れる。性器近くへ注がれた液体が、低くなった腹へ流れた。

「動くんじゃねぇよ。腹ぬらしてどうすんだ」

呆れたように、狩納が窘める。

気持ち悪さに身動ぐと、更にどろりとローションが皮膚を這った。

「ぁ……」

「塗れ」

喘《あえ》ぐ綾瀬に、狩納が命じる。意味が解らず重い睫を瞬《しばたた》かせると、狩納が綾瀬の指に指を絡めた。

「お前の気持ちいいとこに塗ってみろ」

促されても、どうしていいか解らない。いつの間にか狩納のシャツを摑んでいた指を、ぬれた腹に導かれる。

「っ…、あ……」

ぬるっ、と思った以上の粘度に、指が滑った。まるで皮膚と皮膚の間に、厚い膜が生まれたようだ。

「そうだ。べとべとにぬらしてやれ」

怯《おび》えながらも、操られるまま指を動かす綾瀬を、狩納が褒めた。たっぷりと注がれたローションを掌に絡め、脇腹へ、そして下腹へと塗り広げる。体液でぬれた体毛がすぐに指に触れて、綾瀬はびくりと身を竦めた。

「…は…ぁ…」

すぐにでも、ぬれた手で性器を握り込んでしまいたい。

得られる快感を想像し、爪先がふるえた。だが狩納の眼光に見下ろされている羞恥と、なにより男の意志に逆らうことへの恐怖が綾瀬を萎縮させる。

「どうした。嫌なのか？」

動きを止めてしまった綾瀬へ、狩納が声を低めて囁いた。太い男の指が、唾液で潤《うるお》された粘膜の窪みを撫でる。

「ぅ…っ……」

「ちゃんと塗ってやれよ、ここにも」

躊躇《ちゅうちょ》する綾瀬を責め、指先が粘膜へ割り込んだ。

「あっ…、痛い……っ…」

慣れた動きでこじ開けられ、ぴりりとした痛みに声が出る。しかし昨夜の余韻《よいん》を引き摺るせいか、粘膜はそれ以上の苦痛もなく男の指を呑み込んだ。

唾液でしっとりと潤う粘膜が、指へ吸いつくように絡まる。腹をぬらすローションの粘りとは対照的に、軋《きし》みながら挿入される指のきつさに、ぞくぞくした。

「お前がちゃんと塗らねえから、きつくて動けねえな」

舌打ちをした狩納の指が、唐突に抜け出る。

「ひ…っ…」

指の動きに引き摺られ、周囲の粘膜が露出してしまいそうだ。悲鳴を上げた綾瀬の腹から、狩納がローションを掬い上げる。

十分に潤った指を粘膜にあてがわれると、先程よりも深く挿入された。

「…ぅ…、あ……」

呻く綾瀬の尻から、何度も指を抜いてはローションを絡め、また埋める。指を抜き差しするだけでなく、完全に引き抜き、また突き入れる動きを繰り返されるのは、想像だにしない刺激だった。

「や……、早…い…」

入り口は、もう十分すぎるほど潤っている。

抜け出た指がもう一度入ってくると、過敏になった内側の粘膜が、更に強く刺激された。他に音のない小書斎に、味わうような水音と息遣いとが響く。

「すげえ色。ぬれて、美味《うま》そうだぜ?」

囁いた男の指が、粘膜の奥で曲がった。

操られるように、びくんと綾瀬の体が弾み上がる。

「…ひ…、ぁ……っ…」

長い狩納の指が、敏感な部分を掻いた。

「気持ちよさそうな声だな」

綾瀬の反応に、狩納が唇を歪める。

「あっ……あー…っ……」

唇を閉じていようにも、刺激の強さに声が出た。狩納にいじられるまで、こんな感覚があるなどと知らなかった場所だ。今だって、こうやって触られるのは、怖い。

軽く曲げた指の腹で、掻き出すように撫でられる。

一番感じる部分を微妙に外し、左右を擽るようにいじられると、歯痒《はがゆ》さと気持ちよさに腰が浮いた。

「……狩…納さ…、あ…、そこ……」

いつの間にか二本に増えていた指が、入り口の浅い部分や、過敏な場所を執拗にいじる。

昨夜の言葉を、正確に成し遂げようとする狩納の意地悪さに涙が出た。

「…く……、ぁ、は…っ…」

脳《のう》が煮えたように熱が籠《こも》り、大きく背中が反る。

性器を握り、扱《しご》き上げることとさえ、すでに頭になかった。

動き続ける狩納の指を感じながら、呆気なく声を上げて射精する。

反り返った性器から熱い精液があふれて、腹のローションと混ざり合った。

「は…、っ…ぅ…、ぅう……」

明るい照明の下で、飛び散った精液の一滴までもが、狩納の視線に晒される。残酷な明かりの下で、綾瀬はきつく目を閉じ、息をしゃくり上げた。

「早《はえ》ぇな」

尻から抜け出た狩納の指が、呆れながら腹に垂れた精液を掬う。ローションと同じように、狩納はそれを再び綾瀬の粘膜へ塗りつけた。

「……あ…」

指を丸く動かされ、きゅ、とそこが窄《すぼ》まる。まるで欲しがるような動きだ。

「楽しみにしてたんだろ？　昨夜から」

たっぷりと、尻をいじられることを。

囁かれ、違うと否定したいのに、肺で暴れる呼吸が声にならない。そうしていると、まるで狩納の言葉が真実であるかのように思え、罪悪感に息がふるえる。じわり、と眦《まなじり》に溜まった涙を、屈み込んだ狩納が舌先で舐めた。

「ん……」

口吻けと同じ仕種で吸われ、甘えるような息が出る。

投げ出した体へ、男の重みを感じると同時に、堅い肉が内腿に当たった。

「…っ、ぁ…っ…」

「どうした、綾瀬」

綾瀬の反応を読み取った狩納が、不思議そうに呼びかける。その間にも、太腿に当たる肉をぐりぐりと動かされた。

着衣を隔てていても、狩納の性器が勃起《ぼっき》しているのがはっきりと解った。

「嫌……」

呻いた綾瀬を見下ろし、狩納が自らのファスナーに指をかける。金属がこすれる音に、射精したばかりの性器が疼《うず》くのを感じた。

散々いじられた尻の奥までもが、熱い。

「なにが嫌なんだ綾瀬。言ってみろ」

ずるり、と、今度は布を隔てない肉の感触が、内腿を突く。火傷《やけど》しそうに熱く感じる狩納の先端は、はっきりとぬれていた。

「あ…っ」

跳ね上がった綾瀬の尻を、狩納が肉で小突く。

「ここで感じて、達《い》っちまうのが恥ずかしいのか？」

今更だろう、とやさしい声で笑われ、鼻腔が痛んだ。狩納が言う通りなのは、痛いくらい解る。だがあり得ない場所で得る快楽に慣れることはできず、恥辱と罪悪感とが綾瀬を縛《しば》った。

「好きだろ？　こうされんの」

囁いた狩納の性器が、ぐっと綾瀬の粘膜を押し、滑る。皮膚の薄い場所を摩擦《まさつ》され、顎が上がった。指を入れられていた場所が、もっと確かな体積を欲しがるようにうねる。

「……そん、な……」

「違わねえだろ？　もっとここで達きてぇよなあ？」

ぬれた先端で粘膜を押され、十分に潤った場所がきゅっと締まった。忙《せわ》しない綾瀬の呼吸に合わせ、狩納の肉を呑み込もうと性器に張りつく。

ありありと感じる感覚に、腰が浮いた。

「…あぁ……」

「どうなんだ、綾瀬」

誘《さそ》う狩納の声が、耳元で囁く。

瞬かせた瞳に、笑う男の眼光が映った。

「応えろ。俺が聞いてんだぜ？」

甘い命令に、体全体がふるえる。あたたかい蜜をこぼし、再び性器が勃ち上がるのを感じた。

「……お……れ……」

堅く目を閉ざし、乾ききった唇を、開く。


「まさか綾ちゃんが、サークルに入るだなんてねえ」

空調が効いた室内に、染矢薫子の声音が華やかに響いた。

あたたかな陽射しが、広い事務所を照らしている。透明な陽射しを浴び、染矢は優雅にソファへ体を預けていた。

「サークルっていうより、執行部みたいなものなんですけど…」

香りのよい紅茶を用意しながら、綾瀬が照れたように笑う。

紅茶の隣には、柑橘類《かんきつるい》を練り込んだ棒状のチョコレートが、グラスに盛って添えてあった。染矢が綾瀬にと、持参してくれた土産《みやげ》だ。

グレープフルーツや、オレンジ、レモンで作られたチョコレートは、やさしい橙《だいだい》色をして、目にもうつくしい。それに合わせたわけではないだろうが、今日の染矢の装《よそお》いは赤と橙色を基本とした、色鮮やかな友禅《ゆうぜん》だ。

淡い薄黄色に、金糸《きんし》で縁取りされた橙色の菊が花開いている。古典的な柄だが、染矢が身に着けると古さを感じさせない。帯留めと同じ、赤い飾りで結い上げられた髪も、染矢の美貌を際立たせた。

「きっと求愛活動に余念のない男や女が、うようよいるんでしょ?」

長い指で器《カップ》を受け取り、染矢がそっと紅茶の香りを楽しむ。マスカラに彩られた長い睫の下から、怜悧《れいり》に輝く瞳が綾瀬を見た。

「うようよ…って……」

返答に窮し、綾瀬が盆についた水滴を指で拭う。

狩納が経営する事務所でアルバイトを始め、四カ月以上が経っていた。賃金は全て狩納への返済に充てさせてもらっているが、綾瀬程度の働きで、容易に返せるような借財ではない。早い返済を目標とするのは勿論だが、ここでの仕事はそれ以上に、綾瀬のわがままを狩納が受け入れてくれた結果にすぎなかった。

それが解っているからこそ、少しでも狩納の迷惑にならないよう、頑張らなければならない。

午後に入り、客足が落ちつくこの時間帯は、綾瀬にも長い休憩時間が与えられていた。事務所に勤める従業員も、一人は昼食を摂りに出ている。綾瀬も狩納の昼食の準備のため、一旦《いったん》上階のマンションへ戻ろうとした矢先、染矢が事務所を訪れた。

狩納に用があったらしいが、生憎《あいにく》男は社長室で電話を受けている。狩納の手が空くまでと、綾瀬もソファに腰を落ちつけた。

「毎日が痴情《ちじょう》の縺《もつ》れとかで大変だったりしないの？　綾ちゃんにも悪い虫とかついてないでしょうね」

狩納以上に悪い虫なんていやしないだろうけど。

そう言って笑う染矢に、綾瀬が慌てて首を横に振る。

「そ、そんなこと…。元から、仲のよかった友達が、一緒に入会してくれたんです。色々助けてくれて…。会の人もいい人ばっかりで、すごく楽しいですよ」

少し猫背になった木内の姿が、すぐに脳裏へ浮かんだ。木内に限らず、桜会の人間は皆気さくで、楽しい者たちばかりだ。至る所で男女の鍔迫《つばぜ》り合《あ》いが行われていようとも、陰湿《いんしつ》な雰囲気は少なかった。

「それにしても、大学行かせるのもあんなにお冠《かんむり》だった狩納が、よくもまあ…」

大きく息を吐いた染矢に、綾瀬が目を伏せる。

「本当に、狩納さんには感謝してます…」

綾瀬が桜会を辞めると言えば、狩納は賛成《さんせい》こそすれ、反対する理由はないだろう。

そんな狩納が、綾瀬の自由を許した上に、帰宅後、学校や桜会に関する話題に、耳を傾《かたむ》けてくれた。講義の様子や、桜会での議題など、狩納にはなんら興味がないと思われる事柄ばかりだ。それでも狩納は相槌を打ち、時折眉間に皺を寄せたりした。

「感謝なんかする必要ないわよ。あいつの心が狭すぎるだけ。猫の額並？　それは猫に失礼だわね」

嫌そうに眉を吊り上げた染矢こそが、豪華な猫のようでうつくしい。

こんなうつくしい人は、女性でも滅多にいないだろう。思わずじっと見詰めた綾瀬に、染矢が形のよい瞳を瞬かせた。

「綾ちゃん、ちょっと」

「え？」

ソファから背を起こした染矢が、人差し指で綾瀬を手招く。テーブルを挟み、素直に身を乗り出すと、蝶《ちょう》が舞う爪先が頬に触れた。

ふわりと、甘い空気が、鼻先で動く。

染矢が身に纏《まと》う、香水の香りだ。

柑橘類を連想させる爽《さわ》やかさと、さっぱりとした甘さ。そして微かだが切れのある刺激は、染矢の雰囲気そのものだった。

「……ぁ…っ…」

意識した途端、体が跳ねる。

戦《おのの》いた膝がテーブルにぶつかって、ティーカップがかたん、と高い音を立てた。

「あ、あ、あの……」

普段の綾瀬は、整髪剤さえ使わない。染矢と知り合うまで、他人が使う香水の匂いを意識したこともなかった。

すぐに、数日前に大学で嗅いだ香りが蘇《よみがえ》る。

和田や井上が身につけていたのは、もう少し甘さが強い、砂糖菓子のような香りだった。高揚よりも、動揺を意識した自分を思い出す。

「動かないで。睫がついてるの」

鼻先に迫《せま》る香りに落ちつかず、顔を伏せようとする綾瀬を染矢が窘めた。

どうやら抜けた睫が、頬についていたらしい。慌てて自分で拭おうとしたが、め、と子供にするように止められた。

「待って、すぐ取れるから」

ひやりとした爪の先が、やさしく頬を滑る。

視線を下げると、きっちりと閉じ合わされた染矢の胸元が映った。染矢の胸は、夕焼けのような赤い半襟に飾られ、すっきりと平らな線を描いている。

もし、ここに豊満な胸があったなら。

自分の想像に、綾瀬は思わず声が出そうなほど動転した。

「……っ…」

それは昨日、三島に豊満な胸の女性が好きか、あるいはその逆が好きか、と、そう問われた時に思い描いた想像そのものだ。

女性よりも女性らしい容姿を持つ染矢の胸に、自分がどんな幻想を抱くのか。

一度も考えたことのなかったその想像は、やはり具体的な像を結ばない。この瞬間に限らず、それは昨夜一晩、綾瀬を悩ませ続けた問いだった。

恋愛も、性的な嗜好《しこう》も、自分の全てが異性に向いていることを、綾瀬はこれまで疑ったことがない。では具体的に、どんな女の子が好きなのか。改まって考えれば考えるほど、それは不思議と輪郭《りんかく》を失い、水に滲《にじ》んだ絵のように遠くなる。

「綾ちゃん、本当に睫長いわねー」

ようやく綾瀬の頰から睫を払い、染矢が感心した声を上げた。

「え？　染矢さんの方が…」

マスカラで彩られた染矢の睫は、細部まで張りがあってうつくしい。

桜会に所属する女子の多くも、マスカラで目元を飾っていた。桜会に限らず、大学ですれ違う女子の大半がそうだ。

「綾ちゃんのは百パーセント天然じゃない。羨《うらや》ましいわ」

「染矢さんは………」

口にしようとした言葉を、綾瀬が半ばで呑み込む。

逡巡《しゅんじゅん》し、それでも綾瀬は、近い位置にある染矢の目を見た。

「染矢さんは、女の子には興味、ないんですよ、ね？」

声にして、その言葉の突拍子《とっぴょうし》のなさに綾瀬自身が驚く。

染矢が自分の睫の長さを褒めてくれたのは、決して男性的な意味合いではない。女の装いをし、女性的な美意識で自分を褒める染矢の嗜好は、当然女性を恋愛対象とは捕らえていないのだろう。

勝手な確信を得て投げた問いに、染矢は一瞬きょとんとしたように目を見開いた。

「え？」

綾瀬が唐突になにを言い出すか、全く理解できないといった様子で、染矢が問い返す。

「……む、胸が大きい女の子が好きとか、ちいさい方が…好み…とか……そういう……」

言葉の続きがどうしても途切れ、ちいさくしぼんだ。

三島が口にした通り、それは他愛《たわい》のない話題のはずだった。だが外見上は女性に等しい染矢に向けるのに、適切な話題であるかは疑わしい。声にするにつれ、自分が全く愚《おろ》かなことを口走っているのに気づき、綾瀬は指先を握り合わせた。

「どうしちゃったの綾ちゃん？　もしかして桜会の影響？　悪い女に誑《たぶら》かされてるの？」

心底心配そうに、染矢が綾瀬の額に手を伸ばす。

「た、誑かされるなんて…。が、学校でちょっと、そういう話題が出て、それで……」

「危険だわ、そんな話題。女はみんな狼よ？　いいこと、巨乳ちゃんが好きなら、うちのトド子ちゃんで我慢しときなさい？　ね？」

がっしりと綾瀬の肩を摑み、染矢が気遣わしげにちいさな顔を撫で回した。

「な、なんの話ですか…」

「もうすぐ点灯式本番なんだし、こんなことじゃ駄目よ。狩納が様子見に行くなんて言い出したら一大事よ？」

「行くぜ」

まるで物理的な力を伴《ともな》っているかのような、張りのある声音が頭上に落ちる。

ひ、とちいさく息を吞んだのは染矢だけではなかった。

「か、狩納さん……」

半ばソファから腰を浮かせ、綾瀬が頭上を仰ぎ見る。

いつからそこに立っていたのか。書類を手にした狩納が、衝立《ついたて》を押し退《の》け、二人を見下ろしていた。

「綾瀬から離れろ。変態が伝染《うつ》る」

綾瀬の顔に触れたままでいた染矢に、狩納がいかにも嫌そうに舌打ちをする。

「なによ、人を病原体みたいに…！」

「病原体だろ」

にべもなく切り捨て、狩納が綾瀬の肩を摑んだ。関節が目立つ狩納の指は骨っぽく、長い。

肩を抱き寄せられ、がたんとソファを鳴らし、綾瀬の体が引き上げられた。

「あ……」

近くなった煙草の匂いに、不意に鼓動《こどう》が跳ねる。

香水の香りを押し退け、体を包んだ苦い匂いを意識した。狩納の、匂いだ。

「お前もだ綾瀬、んなカマ野郎の相手してんじゃねぇよ。大体、なんの話してやがったんだ」

「ひ・み・つ。それより旦那、……本気なの？」

犬歯《けんし》を剝き出しにした狩納に、染矢が色っぽく唇を尖らせる。渋面《じゅうめん》を作った狩納の腕から抜け出そうともがいたが、男の力はゆるまなかった。

「なにがだ」

「点灯式よ。まさか本当に顔出す気じゃないわよね？」

真顔で見上げた染矢に、狩納が怪訝そうに眉をひそめる。

「点灯式？　…ああ、来週だったか？」

狩納の口振りには、明らかに関心がない。クリスマスイルミネーションは桜会を挙げての行事だが、所詮《しょせん》は大学内の催し物だ。そんなものに狩納が興味を持つとは思えず、ただ気紛《きまぐ》れに返答したにすぎないのだろう。

「て、点灯式は保護者の方の参加も自由ですが、でも……」

裏返りそうな声で、綾瀬が慌てて言い募《つの》る。保護者どころか一般客も出入りが自由なため、当日は構内に多くの見物人が訪れるらしい。

しかし狩納はどうだろう。

普段の構内より、多種多様な人間があふれていたとしても、狩納の存在が埋没《まいぼつ》するとは思えない。

無論自分が携わったイルミネーションを、狩納に見てもらいたい気持ちはあった。同時に、狩納を知人に見咎められたらどうなるか。

彼氏でもいるのかと、三島は不穏な冗談を口にした。

その言葉は正しくはないが、しかし狩納を目にした時、三島がなにを感じ取るかは解らない。

その想像は、少なからず綾瀬を動揺させた。

「保護者？」

綾瀬を引き寄せる狩納の腕が、ぴくりとふるえる。

「あ…、いえ、あの……、イ、イルミネーションって言っても、すごく大規模ってわけじゃないし…、狩納さん、忙しいだろうし……」

「俺が顔出すと、都合悪《わり》ぃのか？」

まるで心中を見透かすように尋ねられ、綾瀬は大きく首を横に振った。

「そ、そんなこと…！」

「あるに決まってんでしょ」

取り乱す綾瀬と狩納とを交互に見遣《みや》り、染矢が深々と息を吐く。

「常識で考えなさいよ、常識で。どこの世界に、やくざに学校へ来られて喜ぶ人間がいるのよ。旦那が学校なんか行った日には、綾ちゃんの評判ガタ落ちよ？」

「そ、染矢さん…っ…」

辛辣《しんらつ》な染矢の物言いに、見る間に狩納の眦が吊り上がった。

「……んだと、誰がやくざだ、誰が！」

頭上で、雷鳴のような怒声が爆《は》ぜる。

「誰ってあんた、鏡見たことないの？　スーツ着てたって堅気《かたぎ》になんか見えないのよ。全身を覆う負のオーラが…。ねえ、久芳《くば》君」

くるりと視線を転じ、染矢が事務机につく従業員に同意を求める。受話器を手にしたまま、こちらを窺《うかが》っていた久芳誉《ほまれ》が、一言も応えず視線を逸らした。

「なに目ぇ逸らしてんだ、てめぇ」

低くなった狩納の声音に頓着《とんちゃく》せず、ぱん、と染矢が掌を打ち鳴らす。

「そうだ！　どうしても桜会での綾ちゃんの活躍が気になるっていうなら、旦那の代わりに私が点灯式へ行ってあげる」

名案だとばかりに声を弾ませた染矢に、狩納がぐっと眉を寄せた。

「ああ？」

訝《いぶか》る声を上げたのは、狩納ばかりではない。再びこちらを盗み見ていた久芳のみならず、綾瀬もまた大粒の瞳を見開いた。

「それがいいわ。ね、綾ちゃん、旦那なんかより、断然嬉しいでしょ？」

戸惑う綾瀬へ、染矢がうつくしい指先を伸ばす。赤い爪が綾瀬の顎に触れる前に、狩納が木製のテーブルを蹴《け》り上げた。

「ふざけんじゃねえ！　どこの世界に、変態カマ野郎に大学来られて喜ぶやつがいる！」

「なによ！　やくざより数億倍上等よ！」

「や、やめて下さい…っ…」

悲鳴じみた制止の声も、甲高い染矢の罵《のの》りの前には無力だ。それでも懸命に、綾瀬は身をもがかせた。

「ほ、本当に、ちいさな会ですから…！　な、なんにもありませんから！　だからお二人とも、気にしないで下さい…！」

一息に絞り出し、盆を掴む。狩納の指が一瞬力をゆるめたのを頼りに、綾瀬は衝立を飛び出した。

「綾瀬！」

「チョコレート、ありがとうございました。俺、お昼の用意してきます…！」

一度立ち止まり、勢いよく頭を下げる。振り返る勇気もなく、綾瀬は事務所を後にした。

夜の気配を間近に感じる空を見上げ、綾瀬は学生会館の脇を駆けた。

角を曲がろうとした足が、ぐらりと揺れる。慌てて体勢を立て直そうとした肩が、なにかにぶつかった。

「あ、ごめん、綾瀬」

ふらついた綾瀬の体を、コートに包まれた腕が支えた。長い腕は意外にも堅く、たくましい。間近に木内の双眸を見つけ、筆記用具を抱えた綾瀬が笑みを浮かべる。

「ううん、こっちこそごめんね」

気遣った綾瀬の脇を、腕章《わんしょう》を着けた学生が速度をゆるめず駆け抜けた。

「木内君、本部室に行く？　だったらあと二つ、延長コード用意できないか聞いといて！」

追い抜きざま、和田が大きな声で叫ぶ。

颯爽《さっそう》と走る和田の腕で揺れるのと同じ、桜色の腕章が綾瀬と木内の腕にも巻かれていた。

「……気合い入ってるなあ、みんな」

銀杏並木へ消えた和田を見送り、綾瀬が大きな瞳を瞬かせる。和田だけでなく、点灯式を控えた構内には、独特の高揚感が漂っていた。

「そろそろ五時になるけど、吹奏楽《すいそうがく》の人、集まってる？」

しっかりと綾瀬の体を支えたままだったことに気づいてか、木内がぎこちなく腕を解く。

「大丈夫みたい。三号館の控え室にみんないるって。リハーサル通りに行くといいね。櫓《やぐら》も予定通り進行してるみたいだし」

「昼まで、突貫《とっかん》工事だったけどな」

唇を引き結んだ木内の表情には、疲労の影がある。

銀杏並木を電飾で飾り、高さ十メートルの樅の木をクリスマスツリーに生まれ変わらせる作業は、概《おおむ》ね予定通りに進行していた。昨日のうちに試験点灯も終え、微調整は必要ながら順調な滑り出しと言っていい。ただ一つ、桜会の気を揉ませたのが櫓の設営《せつえい》だった。

点灯式での挨拶や、カウントダウンに欠かせない櫓は、当初クリスマスツリー脇に設置される予定だった。しかし作業を始める当日になって、学校側から急遽《きゅうきょ》場所の変更を通達《つうたつ》されたのだ。学会関連の会議が、明日から行われる都合で、その場所の使用は不可とされた。教授が墨書《ぼくしょ》した看板を立てるのが理由だと聞き、櫓担当者たちは大いに憤慨《ふんがい》した。

女子学生をコンパに誘えなかった以外に、彼らがあれほど真面目に憤《いきどお》る姿を見たのは初めてだ。

結局中庭の入り口へ変更となり、結果からすれば銀杏並木に近く、目立つ場所となったのは幸いだ。ただし予定より狭い空間に設営する都合で、櫓の幅も狭める必要があった。

鉄パイプと鉄板を組んで作る櫓の設営は、見た目以上に骨が折れる。土壇場《どたんば》で予定が変更になったせいで、担当者のなかには徹夜で作業に当たった者までいた。

「あの、さ、綾瀬…」

うつむいたまま、木内が何事かを切り出しかける。だが銀杏並木から響いたどよめきに、二人の視線が自然とそちらを振り返った。

「あ、ごめん。なに？」

「…なんでも、ない。寒いから、無理しないようにな」

「ありがとう、木内もね。部室にお茶あるから、少し休んで」

木内の気遣いに、ほっと綾瀬の口元が綻ぶ。

足早に背を向け、部室へ戻る木内を見送り、綾瀬もまた中庭へ急いだ。櫓の隣には、テントに会議用机を並べた実行委員本部が設けられている。

中庭周辺には点灯の瞬間を見ようと、すでに何人もの人影があった。

外灯の明かりが中庭を照らし、その中央近くにあるクリスマスツリーを浮かび上がらせている。光沢のある青いリボンが、常緑樹《じょうりょくじゅ》の樅の木を幾つも飾っていた。ツリーの先端で輝くのは、大きな銀色の星だ。他にも雪の結晶や、球体の飾り、プレゼントを模したちいさな包みなど、ツリーに下がるものは青と銀に統一されている。周囲の植え込みや、外灯を飾るのも、同じ鮮やかな青だった。

「結構集まってきたね、人」

吹奏楽部の控え室から、寺内が小走りに出てくる。点灯と同時に、管楽器を中心とした数名に、ファンファーレを演奏してもらう段取りだ。

「もう挨拶始まったからね。駐車場、乗り入れ禁止のお願い結構大変みたいだったよ」

白いダウンコートを寒そうに掻き合わせ、井上が銀杏並木を振り返る。

銀杏並木には、ツリーと同じ白色の小型電球が取りつけられ、点灯の時を待っていた。その下を何人もの学生が、中庭を目指して歩いている。

「もう少しで五時か。カウントダウンが始まるな」

常にない活気を肌で感じ、寺内が傍らの櫓を振り返った。

マイクが据《す》えられた櫓では、すでに関係者の挨拶が始まっている。その脇では、桜会の会長や三島たちが音響設備をいじり、忙しそうに時計を覗いていた。

「いー感じに暗くなってきたじゃん。どきどきすんなー」

「ほんと、これで上手くライト点かなかったら、どうしよう」

寒さと緊張に体を揺すり、井上が祈るような声を出す。本部を包む高揚と、緊迫《きんぱく》した空気を否応《いやおう》なく感じ、綾瀬はクリップボードを手にした指に力を込めた。

今日の主役は、なんといっても飾りつけられたうつくしいツリーや銀杏並木だ。しかし桜会という催事の主催者側に回ることによって、場の一員となった一体感が綾瀬にも感じられた。

傍観者《ぼうかん》でしかなかった文化祭とは、まるで違う。

大学の文化祭に限らず、綾瀬は大半の催事を遠くから眺め、通りすぎる立場でしかなかった。それをどこか寂《さび》しく感じながらも、踏み込む勇気を持とうとさえしなかった。

今こうして、会の一員として本部に立っている現実が、不思議ですらある。

控え室を出てきた吹奏楽部員に、演奏場所を確認すると、トランペットを手にした学生が楽しそうに笑顔で応えた。よろしくお願いしますと頭を下げた綾瀬もまた、唇を綻ばせる。

カウントダウンが始まり、五時をすぎれば、後は吹奏楽部の演奏と閉会の言葉となる予定だ。

無事に近づきつつある終わりを思うと、肺の奥から深い息がもれた。

同時に脳裏へ、数日前に狩納の事務所で交わした会話が蘇る。

点灯式に顔を出すと、そう言った狩納の言葉の真偽《しんぎ》を思うたび、この数日綾瀬は落ちつかない気持ちになった。

勿論、あれは男の何気ない思いつきにすぎないはずだ。

自分が大学でどんなふうに学び、活動しているか、それを見てもらいたい気持ちはあった。だが実際大学を訪れる狩納を想像すると、そわそわと足元から不安になる。

事務所で話題に上って以来、綾瀬は狩納が本当に大学へ来る気か否《いな》か、尋ねられなかった。

下手に話しを蒸《む》し返し、狩納の関心を惹きたくなかったのだ。更には、自分に顔を出されては困るのか、と、再び詰め寄られたらと思うと視線が重くなる。

困らない、とはどうしても言えない。

染矢の言い分はともかくとして、狩納と自分の関わりについて、三島あたりにひやかされでもしたら、上手く応えられる自信はなかった。

「もう…こんな時間だし。忙しいだろうから無理だろうけど…」

一つずつ項目が塗り潰されていく時間割《タイムスケジュール》を手に、ひっそりと呟く。

体を壊しかねないほど働いて欲しいとは思わないが、今日ばかりは狩納の多忙さにほんの少し、感謝した。

「なんか言った？　綾瀬君、誰か、待ってるの？」

ちいさく息を吐いた綾瀬に気づき、井上が顔を覗き込んでくる。

今日の井上は、いつも以上に入念に化粧を施《ほどこ》し、内側から輝くようだ。携帯電話を手に、点灯の瞬間を写真に収めようと準備に余念がなかった。

「う、ううん、そうじゃないんだけど……」

慌てて首を振った自分の、必要以上に強い否定に驚く。不思議そうに首を傾げた井上の背後で、ざわり、と空気が動いた。

井上に続き、綾瀬もまた視線を向ける。

携帯電話を手にした女子学生の一団が、銀杏並木の縁で足を止めていた。中庭を目指す学生の幾人かが、同じように視線を振り向ける。

「なに、あれ…」

井上が、高いブーツの踵を浮かせ伸び上がった。

「格好いい人でもいるのかな」

「綾瀬くーん！」

呟いた井上の声に、高く綾瀬を呼ぶ声が重なる。和田の声だ。考えるより先に、綾瀬はさっと、その場に蹲った。

「あ、綾瀬君？」

突然机の下へ身を屈めた綾瀬に、井上が声を上げる。自分でも驚くほど、素早い動きだった。

「どうしたの？　…え…うっそ…」

驚く井上の声に、動揺が混じる。花飾りのついた黒い革靴《かわぐつ》が、跳ねるように本部の前で止まった。

「あれ？　綾瀬君ここにいなかったっけ？」

「う…、うん、いる…けど……」

井上の歯切れの悪さは、躊躇によるものではない。呑まれているのだ。

愛らしい和田の靴の向こうから、手入れの行き届いた革靴が歩み出る。

「桜会ってのは、ここか？」

耳殻《じかく》のすぐ裏側に鳥肌が立つような、響きのよい声音が鼓膜《こまく》を打った。

机を隔てていてさえ、狩納の声音は明瞭に響く。どっと、全身から汗が噴《ふ》き出すのを綾瀬は自覚した。

まずい。

本物だ。間違いない。

捜している。狩納がここにいて、自分を。

男が学内に立つ現実と、和田が自分の名前を呼んだ状況とが、綾瀬を混乱させ現状を把握《はあく》する力を奪った。

逃げなければ。

その一言しか、思いつかない。体をちいさく丸めたまま、綾瀬は机の下を移動した。

「いないの？　綾瀬君」

「え？　綾瀬君？　さっきまでここにいたんじゃないですか？　私、一緒に捜しましょうか」

「私も」

本部に詰めていた女の子たちが、次々と集まってくる気配がする。

自分と同じ年頃の女子学生に取り囲まれ、狩納がどんな表情をしているのか。屈み込んだ綾瀬からは見ることはできない。首を伸ばし振り返る勇気も勿論のことなかった。

パイプ椅子などが入った段ボールを迂回《うかい》して、机の下を抜ける。急速に暗さを増す夕闇の力を借り、綾瀬は櫓の端まで一息に進んだ。

幸か不幸か女子学生たちに取り囲まれている狩納は、まだ綾瀬の存在には気づいていないらしい。好奇心旺盛《おうせい》な桜会の女子会員が、狩納のような男を簡単に解放するとは思えなかった。

恐れていた最悪の事態だ。狩納がなにを話すか恐ろしくてならないが、とにかく今顔を合わせてはいけない。

人気《ひとけ》のない場所へ移動し、狩納に携帯電話で連絡を取るのはどうだろうか。そこから呼び出して、点灯式が終わるまで目立たない場所にいてくれるよう、懇願《こんがん》するしかない。桜会の者たちの注目を、これ以上集めることは絶対してはいけなかった。

コートの上から、ポケットに入れた携帯電話を握る。

そっと櫓の角を曲がり、中庭へ続く闇に紛れようとした時、影が動いた。

「どしたの、綾瀬」

ぎくりとした綾瀬の目の前で、三島がマイクを手に首を傾げる。きん、と金属の軋みにも似たハウリングが、音響装置から高く響いた。

「み、三島君…！」

「え？　なに、綾……」

尚も大きな声で名を呼ぼうとした三島の口を塞《ふさ》ぐため、綾瀬が慌てて腕を伸ばした。

「頼むから静かにして！　見つかっちゃう…っ…」

「誰に？　もしかして、この人？」

ちいさな綾瀬の手で唇を塞がれ、三島がもごもごと喋る。マイクを握ったままの手が、綾瀬の背後を指さした。

背中に、冷たい汗が伝う。

硬直したように背中が強張り、振り返ろうにも首を巡らせることが難しかった。

「…っ……」

「すっげ背ぇ高ェ人。かっけー！　なに？　綾瀬の知り合い？」

無邪気な声で尋ねられ、綾瀬が音がしそうな動きで背後に視線を向ける。

すっかり夕闇に呑まれた空の下、男が立つ周囲は濃い闇を流し込んだように暗く見えた。外灯の明かりが、男の容貌《ようぼう》を鋭角的に映す。

額に前髪を落とす狩納は、ネクタイこそ解いているがスーツ姿だ。

黒っぽい灰色のコートを羽織る様子は、どうにも大学の構内には似合わない。点灯式を見物に来た一般客にさえ見えない狩納は、一介《いっかい》の学部生である綾瀬との接点を全く連想させなかった。

「似合うじゃねぇか、腕章」

両手をコートのポケットに突っ込み、狩納が綾瀬の腕を顎で示す。普段の狩納を知る者ならば、ふるえ上がるほど機嫌のよい声音だった。

本当は少しも、機嫌などよくはない。

本能的にその薄ら寒さを察知して、綾瀬は足元をふるわせた。

「えー、ほんとに綾瀬君の知り合いなんですかぁ？」

「意外ぃ」

狩納を取り囲む少女たちが、甘えたような声を上げる。男を見る彼女たちの目は、一様に熱っぽく輝いていた。

「か、狩納さん、あの……」

一秒でも早く、この場を離れなくては。

狩納の腕を摑もうとした綾瀬の肩を、逆に男の掌が捕らえる。

「っ……！」

「まだかかんのか、時間」

狩納の問いが、間近から綾瀬の皮膚を撫でた。硬直した綾瀬を引き寄せた狩納を、少女たちが好奇を剝き出しにした目で見る。

「六時までには終わりますよ」

動揺に声も上げられない綾瀬に代わり、三島が応えた。

「ここ寒いでしょ。カフェテリアとかで待たれたらどうです」

「それがいいですよ、えっと……」

「ねえ綾瀬君、紹介してよ、この人……」

頰を染めた井上に急《せ》かされ、綾瀬が息を詰める。

咄嗟に、言葉が出てこない。

応えるべき言葉を見つけられずにいる綾瀬の肩を、狩納がゆっくりと撫でた。

「友達じゃ、ねえよなぁ？」

にやついた狩納の声に、血の気が下がる。

「狩……」

「保護者だろ、綾瀬」

口を開いた狩納が、抱えた肩ごと綾瀬の体を軽く揺らす。額に親しげな狩納の息が触れても、綾瀬は頷くことができなかった。

「……あ…」

「別に保護者が顔出しても構わねぇんだろ。今日の会は」

「あ、あの、それは……」

「勿論ですよ！　でも保護者って…お兄さん、とか？」

似てなぁい、と女子学生から歓声が上がる。

「どうして隠してたの。こんな格好いいお兄さん」

「今日はお仕事の帰りなんですか？」

切りもなく投げられる質問に、頭のなかが真っ白になり、足元がぐらぐらとぬかるんだ。ふるえそうになる指で、強く狩納の腕を握る。

「狩納さん、あの……」

これ以上、なにを話す気だろう。

まさか尋ねられれば、隠すことなく、全てを。

その可能性が皆無《かいむ》ではないという確信に、綾瀬は自分を抱く狩納に縋った。

このまま、狩納の口を開かせていてはいけない。せめて三島の視線から逃れ、これ以上人が集まる前に、この場を離れなければ。

狩納を連れ出す覚悟を決めた綾瀬を、なにかが小突いた。

「ごめん綾瀬。もうそろそろカウントダウン始まるんだけど、壇《だん》、上がってくんない？」

マイクを手にした三島の背後で、きん、と耳障《みみざわ》りなハウリングが響く。

「壇って……」

「カウントダウンだよ、綾瀬」

笑顔で促され、綾瀬は大きく目を見開いた。

「え…？　なんの、話…」

「会長、急に腹痛くなったって、トイレ行っちゃって。ほら、もう時間になるから。お兄さんにも、いいとこ見せなきゃ」

強引に腕を引かれ、綾瀬の体がつんのめりながらアスファルトを踏んだ。狩納の腕が肩から解け、途端に冬の冷気を感じる。

「ど、どうして、俺が……」

「だって一番、可愛いし。その方が盛り上がるって」

にっこりと笑った三島が、綾瀬の手にマイクを握らせた。状況が呑み込めず見回した視界に、クリスマスツリーを見上げる多くの客たちが映る。

「頑張《がんば》って、綾瀬君！」

身勝手な歓声が上がり、綾瀬は呆然と照明に照らされる櫓を見た。クリスマスツリーの脇では、楽器を手にした吹奏楽部員がファンファーレの準備をしている。

「あと一分だから。カウントは、五秒前からな」

三島が腕の時計を示して見せたが、そんなものの意味は頭に入ってこない。

「そ、そんな無茶な……」

唇が勝手に動いて、泣きそうな声がもれる。

「平気平気、上がって」

あたたかな三島の掌が、背中を押した。

鉄パイプを組み合わせた櫓は、昼間目にすれば古びた鉄の塊《かたまり》にしか見えない。しかし照明に照らされるそれは、神々《こうごう》しい光の頂《いただき》のようで綾瀬は声をなくした。

「…っ……」

どうしてこんなことになってしまったのか。

狩納が構内にいる現実も、櫓に押し上げられようとしている自分も、全てが悪い夢のようだ。消えて、しまえればいい。

そう考えた瞬間、視界の端でなにかが動いた。

きぃい、と再びハウリングに似た金属の音が響く。だがそれは、音響機材が上げた声ではなかった。

「え……?…」

音の変化に、三島も視線を巡らせる。

がたん、と次はもっとはっきりした音が響いた。櫓の右側にいた者たちから、声がもれる。

櫓に登る階段へ足を乗せ、綾瀬もまた動きを止めた。

動けなかった。

マイク台を載せた櫓の右端が、音を立ててずれたのだ。

「嘘…」

井上の声が、遠くで聞こえる。被さるように、鈍い地響きが響いた。

「綾瀬っ」

三島が自分を呼ぶのが解ったが、どうしようもない。綾瀬はただ、櫓の天板《てんばん》を支える鉄材が、幾つもの鉄パイプに分かれ、雪崩《なだれ》を打って落ちていくのを見ているしかできなかった。

海に押し出された氷河の塊が、端から欠けて崩れてゆくのに少し、似ている。

そんなことを考えた次の瞬間には、目の前に恐ろしい勢いで鉄材が迫っていた。

「…っ…！」

幾つもの悲鳴と怒声が、一瞬にして中庭を満たす。

がつん、と堅いものに体を打たれ、綾瀬は膝から崩れ落ちた。空洞のパイプが重なりながらアスファルトを転がる音が、頭蓋骨《ずがいこつ》から直接響く。

「……ぁ…」

悲鳴が長く、引き摺るように続いていた。しかし綾瀬自身の口からもれたのは、呆然とした声だけだ。

自分の声が聞こえたことに驚き、這うように伸ばした手で自らに触れる。予想した痛みがない事実に混乱し、綾瀬は体を起こそうとした。

ぬるり、と。

指先をあたたかななにかが、粘ついて滑る。

「あ……」

今度ははっきりと、自分の声が聞こえた。

覆い被さる男の顔が、照明に浮かぶ。指をぬらす液体がなにかは、すぐに解った。血だ。しかし綾瀬自身が流したものではない。

「あ…、狩…納さ……」

掠《かす》れた綾瀬の声に、歪みながらも狩納の瞼が持ち上がる。

狩納の左腕が、しっかりと綾瀬を胸元に庇《かば》っていた。

「…な……、一…体……」

「柔《やわ》い工事、しやがって…」

低い呻きをもらした狩納の体が、ぐらりと傾く。高い悲鳴が、綾瀬の唇からもれたのはその時だ。

「狩納さん！　狩納さん…！」

壊れた人形のように、何度も呼ぶ。応えて立ち上がろうとした狩納の体はしかし、アスファルトに膝をついたまま動かなかった。

悲鳴が、続く。


唇を、開いた。

しかし空気は塊に変じて、喉から下へ滑り込まない。

唇を、開く。繰り返す。ちいさく動く唇と同じ動きで、左手の指先が、所在なく開き、そして閉じた。

「……っ…」

がしゃん、と動く開く音がする。長く続く廊下の空気が初めて揺らぎ、綾瀬は力なく立ち上がった。

明るい通路が真っ直ぐに続いている。窓の少ない建物は、綾瀬から容易《たやす》く呼吸を奪った。

「あ……」

干涸《ひから》びた口腔の奥から、呻くような声が出る。

廊下の両側には、床と同じ色の壁と、幾つかの扉がならんでいた。

吐き気が、する。

あまり広くない救急外来向けの待合室に、綾瀬だけが一人、立ちつくしていた。

「…狩……」

すぐ右手の扉から現れた男の横顔に、がくん、と体が傾ぎそうになる。

「悪ぃ、待たせたな」

待合室に響いた狩納の声は、平素と変わりない確かなものだった。

だがその口振りは、苦い。点滴パックを支える鉄柱が、歩く狩納に合わせ音もなく滑った。

「座れ」

立ちつくす綾瀬に、狩納がそっと声をかける。

声が耳に入っても、体は動かなかった。

息を絞った狩納が、左手で綾瀬の二の腕に触れる。狩納が羽織るシャツの汚れよりも、右肩を包む包帯の白さから目が逸らせない。

「聞こえるな？　綾瀬。座るんだ」

促され、軋むようなぎこちなさで、綾瀬の体がソファに落ちた。

「腹減ってないか」

視線の高さを合わせるために、狩納もまたソファの端で体を折る。左腕から伸びる管が、狩納と点滴パックとを繋《つな》いでいた。

途端に、鼻腔の奥に痛みと悪寒《おかん》とが込み上げる。

「……っ……ぅ……」

呻いた綾瀬の肩を、狩納が撫でた。

「大丈夫だ。見ろ。平気だ」

根気よく囁いた狩納に、ただ頷く。自分がなんのために首を振っているのか、綾瀬には解らなかった。

人工的な匂いが、微かに鼻腔に蟠《わだかま》る。

綾瀬を怯えさせてやまない、病院の匂いだ。

どうやって大学からここまで来たのか、思い出そうにも思考が纏まらない。目の前で、櫓が音を立てて崩れた。

一瞬の、出来事だった。目の前に大きな鉄パイプが見えた時、綾瀬は一歩も動けなかった。

櫓の一番近くにいたのは、きっと自分だ。しかし綾瀬が負ったのは、本当にちいさな擦り傷にすぎない。

狩納が、庇ってくれたからだ。

悲鳴と、女子学生の泣き声が耳にこびりついて離れない。何人も、怪我《けが》をした。そのなかでも、狩納の出血と打撲《だぼく》は、酷《ひど》かった。

点灯式どころの騒ぎではない。教務課からも人が駆けつけ、救急車が呼ばれた。だが狩納は、その到着を待たなかった。

青褪《あおざ》め、まともに口もきけない綾瀬を連れ、自ら車を運転し、ここへ来たのだ。

「狩納さん……、腕……」

魅入《みい》られたように、包帯が巻かれた狩納の腕を凝視《ぎょうし》する。苛立たしげに、狩納が口のなかで舌打ちをした。

「大袈裟にしやがって。折れてはいるが大したことはねえ。帰るぞ」

首から吊った右腕を、狩納が動かして見せる。弾かれたように、綾瀬はソファを立ち上がった。

「だ、駄目です！　動かしたら……」

狩納に続いて処置室を出てきた看護師が、慌てて走り寄る。看護師の手は、折り畳《たた》み式の車椅子を支えていた。

「困ります、狩納さん、まだ検査が残ってますから」

「額は少し切っただけだ。これ以上検査なんか必要ねぇよ」

広げられた車椅子を、狩納が面倒そうに断る。

「いけません。骨折だって酷いんですし、頭を打ってたら……」

「検査して下さい…！」

言い募る看護師以上に、綾瀬が引きつった悲鳴をもらした。

「か、帰っちゃ、駄目です。ちゃんと、検査、検査を……」

ふるえる言葉の続きを、上手く吐き出せない。目に見えて怯える綾瀬を、看護師が心配そうに振り返った。

「解った。落ちつけ。な？」

溜め息を吐いた狩納が、ちいさな子供にでも話しかけるように声をやわらげる。狩納を知る誰もが、この男がこんな声を出せるなど信じないだろう。

「検査は受ける。それでいいな？」

穏やかな声で続けた狩納が、看護師に目配せをした。

「タクシー呼んだら、お前一人で帰れるか？」

狩納の言葉の意外さに、綾瀬が瞳を見開く。

「ここに残ってるのがきついなら、帰れ。…もうすぐ染矢が来るだろうから、それまで待てるなら、ここにいろ」

どうする、と尋ねられ、綾瀬はちいさく頷いた。

「います。ここに」

はっきりと唇は動いたが、狩納は眉間の皺を解かない。看護師がこれ以上は待てない様子で、狩納を呼ぶ。

「動き回るなよ。俺も終わり次第、すぐに戻る」

念を押され、綾瀬は静かに頷いた。

何度も振り返った狩納の背中が、検査室へ向かうためエレベーターへ消える。

座ることも思いつかず、綾瀬は立ちつくした。

狩納の腕を噛み取った、包帯の白さが脳裏を埋める。みっしりと筋肉を纏った狩納の腕は、綾瀬など容易に持ち上げられるほど太く、頑丈だ。その腕の骨が折れていると、狩納は言った。

重く堅い鉄パイプが直撃していたのだ。無理もない。

鉄材がアスファルトを打った瞬間の地鳴りを思い出し、踝《くるぶし》からぶるり、と鳥肌を伴うふるえが湧く。意識せず、左の指が鈍い開閉を始めていた。右腕が、縋るように左手を摑んだが、死人のように冷たい体は動きを止めない。

頑健な狩納の肉体が、怪我を負ったのだ。

決して砕《くだ》けるはずのない骨が、肉が、皮膚が、血管が。

ぬるりと、握った両手が不快に滑る錯覚を覚え、綾瀬は体を折り曲げた。

「…っ……」

猛烈《もうれつ》な吐き気が込み上げる。

「綾瀬！」

白い通路に、足音が響いた。名を呼んだ声に、ぎくりとして視線を上げる。

染矢、だろうか。

疑問は、湧くと同時に打ち消された。全力疾走《しっそう》で廊下に飛び出した人影が、壁へ体をぶち当てながら、強引に角を曲がる。

「綾……」

場違いなほど大きな音を立て、廊下を駆けた木内が足を止めた。立ちつくす綾瀬の顔色に、ぎょっと息を詰める。

「木内……」

「け、怪我は？　綾瀬」

「俺は…どこも……」

呻いた綾瀬に、木内が再び全力で廊下を蹴った。

「そんなわけ…。それに…あの人は」

一つの怪我も見落とすまいと、木内が土埃《つちぼこり》で汚れた綾瀬の体を見回す。

「木内、どうしてここに…」

「教務から、聞いた。救急車に乗らなかったけど、ここの名前、言ってただろ？」

綾瀬にはそんな覚えはまるでない。だが木内が言う通り、救急車を断る際、狩納が教務課と言葉を交わしていても不思議はなかった。

「寺内のスクーター、借りて来た。みんな、心配してる」

余程急いで来てくれたのか、木内の呼吸はまだ整わない。大きく肩で息を吐く木内に、綾瀬は頷くことしかできなかった。

「なんで、救急車待たなかった？　あの人、怪我を……」

「折れてるって……」

綾瀬の唇からこぼれた声音に、木内がぎくんと肩を揺らす。

「お…折れてるって……、狩納さん……」

引きつる声で繰り返した綾瀬の肩へ、木内が躊躇《ためら》いながらも腕を伸ばした。

「座れよ、綾瀬」

慎重に促されたが、強張った体は凍りついたように動かない。

「…どこが、折れてたの?」

「腕……」

包帯が巻かれていた腕以外にも、折れている可能性は十分あった。検査の結果次第では、骨折だけではすまないことだってある。

「でも病院までは、自分で来られたんだな?」

「う、うん……」

「今は? 診察中?」

「そう…」

「綾瀬は、直接会えた? 意識は、あるんだよな?」

一つずつ尋ねる木内に、綾瀬はぎこちなく首を振ることしかできなかった。

「よかった。それなら、一応は安心ってことじゃないのか」

安心。

それは最も欲しかった言葉のはずだ。しかし綾瀬は、ぎょっとしたように背筋を弾ませた。予期しない素早さで顔を上げた綾瀬に、木内が双眸を見開く。

「…あれだけの事故だったんだ。もし腕折れただけだったら、すごいよ。自分で車運転して病院来るのは、無茶だけど」

綾瀬を励《はげ》まそうとしてくれているのだろう。少しでも明るい声を出そうと努《つと》める木内に、綾瀬は首を横に振った。

「わ、解らない。もしかしたら、他にも……」

滑稽《こっけい》なくらい、声がふるえる。

「俺の…せいだ。俺が、ぼんやりしてたから……」

音を立てて崩れる櫓を目にするまで、予感など一つもなかった。世界は堅固な安定の元に成り立っているのだと、安心しきっていたのだ。

自分はよく解っていたはずなのに。人のぬくもりが、いかに易々と指の間をすり抜けてゆくかを。

それなのに、狩納の身の上にだけはなにも起こるはずがないと、信じて疑っていなかった。そんなものには、なんの根拠もない。

「俺が……」

「なに言ってるんだ」

ふるえた肩を撫でようと、腕を伸ばした木内がその動きを止める。

ぽつり、と、白い床になにかが落ちた。

立て続けに二粒、涙が伝う。

瞬いた瞳から、涙は声もなく流れた。

「綾瀬……」

「全然解らなかった、あんなことに、なるなんて…」

凍えそうに冷たい液体が頰を流れたが、自分が泣いているのだという意識さえ綾瀬には遠かった。

「解るわけがない。誰にだって」

強く断じた木内が、肩を摑む。沈み込むように、綾瀬の体がソファに落ちた。

「でも俺が……」

「なんでそんなふうに考えるんだ。おかしいよ。綾瀬のせいなわけないじゃないか」

木内の唇が動くのを視界に捕らえても、綾瀬には首を横に振ることしかできない。自分のせいでない道理など、一つもなかった。

「心配しすぎだ。そこまで思い詰めること、ない。腕折れたのは、大変だけど、でも命に別状あるわけじゃないんだろ？」

解らない、と。

懸命に言い募る木内に言葉を返そうとして、呼吸ができない自分に気づく。

おかしい、のかもしれない。

木内が、言う通りだ。自分のこの恐怖は、きっと度を超している。だが、だからといって、どうすればいい。狩納の健常さを損《そこ》なったのは、自分だ。根拠のない安寧《あんねい》に縋り、背中に張りつく恐怖から目を逸らし続けてきた。

いつか狩納を失う日が、来るかもしれない。もしそれが明日であったとしても、怯え、現状から逃げ出すことはすまいと、自分は決めたはずだ。

だが心の底では、なんの覚悟もできていなかった。

「狩納…さんは……」

喘ぎながら動かした唇が、切れ切れの名をしゃくり上げる。

子供のように歪んだ綾瀬の声ごと、木内の腕が肩を抱いた。夜の大気をスクーターで駆け抜けてきた木内の体は、綾瀬と大差ないほど冷たい。

「…っ……」

息を詰まらせた綾瀬に、木内もまた唇を噛む。

ふるえ続ける肩が、木内の肩に包まれる形でぶつかると、嗅ぎ慣れない匂いが鼻先に触れた。煙草を吸わない木内の衣類から立ち昇るのは、冬の空気と、乾いた土埃の匂いだ。

「泣くな」

言葉の短さが、奇妙に木内らしい。

不器用な力を間近に感じ、ずきりと眼球の奥に痛みを覚えた。

大学生にもなった男が、こんなふうに泣くものではない。解っていても、肩に食い込む木内の指の熱さに、喉がふるえる。

木内の肩へ強く額を押しつけると、応えるように腕の輪が狭くなった。

「泣くなよ…」

もう一度、辛そうな声が旋毛《つむじ》を撫でる。

すん、と洟《はな》を啜り、綾瀬は近すぎる距離を解こうと、顔を上げた。

痛みを映す木内の双眸が目に入ったのは、一瞬だ。

「…ぁ……」

涙でぬれた頬に知らない感触の頬が当たり、唇がぶつかる。

それが口吻けなのだと、気づいたのは一呼吸以上も後だ。

唇の表面がただ触れ合うだけの接触に、綾瀬は瞳を見開いた。

同じような驚愕《きょうがく》の色が、木内の双眸にもある。

声も出せず見つめ合った綾瀬の耳に、慌ただしい足音が触れた。がたん、とソファに足をぶつけながら、木内が立ち上がる。

「染矢さん……」

和装の裾を乱して走る染矢に、呆然とした声がもれた。綾瀬を見つけ、染矢の目に安堵が広がる。

「大丈夫？　綾ちゃん！」

甲高い声音が廊下に響き、全身を貫いていた緊張が唐突にゆるんだ。

「……俺、これで…」

唇の内側で低く呟いた木内が、会釈《えしゃく》も残さず歩き出す。早足ですれ違った木内を、染矢が一度だけ振り返った。

「怪我はない？　怖かったでしょう」

すぐに綾瀬のもとへ駆け寄った染矢が、投げ出されていた指先を包み取る。あたたかな染矢の体温を感じながら、綾瀬は呆然と木内の背中を見送った。


がちゃり、と差し込んだ鍵から、施錠《せじょう》が外れる手応えが伝わった。

見慣れた間接照明が、マンションの廊下をあたたかく照らす。

「ごめんなさいね。こんな時間までつき合わせちゃって」

白く凍る息を吐き、染矢が申し訳なさそうに眉尻を下げた。

「そんな。俺の方こそ、忙しいのにつき合ってもらっちゃって、ごめんなさい」

「なに言ってるの。すごく楽しかったわ」

にっこり笑った染矢の指が、コートに包まれた綾瀬の肩へ触れる。

「ちゃんとご飯食べないと駄目よ。明日は学校なのよね？　病院へは帰りに久芳君と寄る？」

穏やかな染矢の問いかけに、綾瀬はぴくり、と自分の睫が揺れるのを自覚した。

「そう…ですね。久芳さんに、お願いしてみます」

精一杯気楽な声を作ろうとするのだが、掠れる語尾がそれを裏切る。病院の白さは、脳裏に思い描くだけで綾瀬を不安にさせた。

大学構内で櫓が崩れ、崩落《ほうらく》した鉄パイプで怪我を負った日から三日、狩納はいまだ病院から戻らない。

入院を言い渡され、一番驚いていたのは狩納自身だった。幸い、頭部などへの異常は見られなかったらしい。しかし右腕を二カ所、肩と肋骨《ろっこつ》を一カ所ずつ折る大怪我は、狩納を数日間寝台へ縛りつける結果となった。

「もし都合がつかないようなら連絡して、私が送るから」

やさしく頷いた染矢に、繰り返し礼を告げる。

狩納が入院してから今日まで、染矢は足繁《あししげ》く綾瀬の元へ通い、様々な世話をしてくれた。今日だってそうだ。狩納の見舞いにつき合ってくれるだけでなく、その後も綾瀬の気が紛れるよう、買い物などに連れ出してくれた。

綾瀬が勝手に出歩くことを、狩納は嫌う。それだけでなく、綾瀬を一人にしないよう、染矢は狩納から依頼されているようだ。多忙な染矢を拘束《こうそく》するのは申し訳なかったが、病院へ同行してもらえるのは正直ありがたい。一人で狩納の病室へ出向くことを考えるだけで、恐れが綾瀬を苦しめた。

「綾ちゃんさえ嫌じゃなかったら、いつでも私のお家《うち》に泊まりに来てね」

「ありがとうございます」

冷えた綾瀬の手をそっと撫で、染矢が扉の向こうに消える。

頑丈な扉が閉じると、マンションは世界から切り離されたように沈黙の底へ落ちた。

「ただいま…」

昏のなかでひっそり呟くが、応える声は当然ない。

狩納が入院する以前も、綾瀬は多忙な男の帰りを待ち、長い時間を一人きり、マンションですごした。だがこの三日間、綾瀬を蝕《むしば》む沈黙は、そうした日常の静けさとはまるで違う。

頼りない足取りで、綾瀬は居間《リビング》へ向かった。

夕食は染矢と共にすませている。こぢんまりとした和食の店で、手の込んだ料理が幾種類も、うつくしい皿に盛られて並べられた。さっぱりとした味つけも綾瀬の好みだったが、口に入れられたのは小鳥が啄《ついば》むほどの量でしかない。染矢を随分《ずいぶん》と心配させてしまったが、この数日、食欲は衰《おとろ》える一方だ。

肩から鞄を下ろす仕種一つにも、吐息がもれる。台所《キッチン》へ水を汲《く》みに行くのも億劫《おっくう》で、綾瀬は崩れるようにソファへ腰を下ろした。

テレビの電源を入れる代わりに、鞄を引き寄せる。

ちいさな携帯電話を掌に収め、綾瀬は青白い瞼を上下させた。

狩納が入院しているのは、直通の電話やファックスが完備された広い個室だ。仕事上の必然から、そこを選ばざるを得なかったらしい。簡単な風呂や洗面台、明るい絵まで備えられた病室は、ちょっとしたホテルのようだ。それでもそこが病院だというだけで、不安になる胸の内が恨《うら》めしい。

薄い唇を引き結び、綾瀬は携帯電話を握る手に額を押し当てた。

簡単な操作をするだけで、狩納の声を聞くことができる。

解っていても、指は動かない。もし狩納が電話を受けてくれたとしても、きっと上手くなど話せないだろう。それよりもむしろ、狩納の顔が見たかった。

今すぐ部屋を出て、病院へ取って返そうか。

無論、無謀《むぼう》な考えだ。電話一つかけられない自分に、そんな行動力があるわけがない。

力なく息を吐き、綾瀬は手のなかの携帯電話を見た。

今日病室で見た狩納の顔色が、明るかったこと。仕事を休んでまで、染矢が自分につき合ってくれたこと。

そしてあんな事故を起こした桜会が、当然のように大騒ぎになっていたこと。

事故の直接の原因は、櫓を組んでいた機材の老朽化《ろうきゅうか》だったそうだ。理由はどうであれ、怪我人を出したあの騒ぎで、点灯式は即刻中止となった。狩納以外にも二人、骨を折る大怪我をした。それ以外の者が擦り傷程度の軽傷ですんだのは不幸中の幸いだっただろう。あれだけの事故にも拘《かかわ》らず、狩納の命に別状がなかったことこそを、救急隊員も驚いていたと言う。

ぞくり、と背筋を悪寒が走った。

「…っ……」

呻き、携帯電話をテーブルへ置こうとしたその時、機械的な振動が伝わる。着信を報《しら》せる音楽に、綾瀬は慌てて携帯電話を握り直した。発信者の表示に、狩納の名がある。

「は、はい…！」

「まだ起きてたのか」

すぐに繋がったのが意外だったのか、電話の向こうで一瞬、狩納が迷う。

「今、帰ったところです」

「染矢のやつ、こんな時間まで連れ回しやがって。疲れただろう」

「い、いえ。染矢さん、俺が退屈しないよう、すごく気を遣って下さって……」

話そうと思ったことは、幾つもあったはずだ。それなのにいざ狩納と回線が繋がっても、上手い言葉は出てこない。

「それくれぇしか能のねえやつだからな。させておけ。それよりお前、明日学校だろう？」

電話越しでさえ明瞭な狩納の声音は、男がこの瞬間、病室にいる現実を忘れさせる。はい、と頷いて応えると、狩納が短く息を吐いた。

「無理して病院寄らなくていいぜ。疲れてんだろ」

狩納の言葉の意外さに、綾瀬が大粒の瞳を見開く。

「疲れただなんて、俺……」

「今日も顔色、よくなかったしな。……なんかあったのか。俺の怪我以外に」

静かに響く声音は、耳に心地好い。大きな狩納の掌が背を撫でる感触を、唐突に思い出した。

「俺……」

心配事は、狩納の怪我の一語につきる。

だが胸の内を苛《さいな》む要因は、他にもあった。

狩納が病院へ向かった夜の記憶が、断片的に浮かび上がる。時系列を無視し、それぞれが独立した映像として焼きついたあの日の出来事は、なにもかも綾瀬の肺腑を抉《えぐ》った。

唇に残る、他人の唇の感触。

木内から突然与えられた口吻けも、その一つだ。

何故《なぜ》。

友人だと思っていた男が、何故突然あんな行為に及んだのか、全く理解ができない。

一人きり考えを巡らせていても、答えなど見つからなかった。

そもそも答えを見出《みいだ》そうとしているつもりでも、あの夜から自分の思考はまともに動いていない。

狩納が怪我をするに至った根本的な要因も、なにもかも、考えるべきことは沢山あるはずなのに、日々ざらざらとした不快感だけが肌を削《けず》った。

「俺……」

繰り返したが、言葉の続きは見つからない。先を急かすことのない狩納の代わりに、細くふるえる自分の息が、携帯電話を通じ耳元で響いた。

「…なんでも…ないんです。……ただ色々あって、びっくりして……」

絞り出した声は、他人のもののように疲弊している。

胸の不安を吐き出せば、少しは気持ちが軽くなるかもしれない。しかし狩納はその逆だ。入院中の狩納を、これ以上煩わせることはできなかった。

「本当にそれだけか？」

「大丈夫…です」

低く、狩納が念を押す。

「そうか。ちゃんと食って、ちゃんと寝ろよ。明日は無理すんな。俺もすぐ帰る」

まるでちょっとした出先から戻るような口振りで、狩納が請《う》け合った。

クリスマスには、おかあさんがおうちにかえってきますように。

真剣にサンタクロースへお願いした幼い日の思い出が、血を滲ませる鋭さで胸を過る。不意に涙がこぼれそうになり、綾瀬は奥歯を噛んだ。

自分は、脆《もろ》くなりすぎている。

「俺、大丈夫ですから、本当に…。狩納さんこそ、無理しないで早く治して下さいね」

別れの挨拶を口にしている自分が、憎かった。もっと狩納の声を聞いていたいが、引き留める話題など綾瀬にはない。

「おやすみなさい」

ちいさな電子音を最後に、携帯電話が沈黙する。

新しく訪れた静けさは、それまで以上に荒涼《こうりょう》として綾瀬の鼓膜を苛んだ。

携帯電話を手にしたまま、煌々《こうこう》と明かりが灯る居間を眺める。普段から広すぎるほどに広いと感じる部屋だが、今夜はその大きさが恐ろしかった。

手近にあったクッションを引き寄せ、ずるずると傾ぐに任《まか》せ、ソファに横たわる。

背もたれにぴったりと背中をくっつけ、視界を低くすると、少しだけ世界が狭くなった。

体中の皮膚が薄くなったように、ちりちりと全身が痛い。神経を守る膜がなくなって、紙鑢《やすり》で全身を撫でられているかのようだ。

寝不足のせいかもしれない。

狩納の指摘は、当たっている。

疲労は溜まっているが、夜ごと訪れる眠気は浅く、嫌な夢だけを綾瀬にもたらした。恐ろしい地鳴りを上げ、地面を叩いた鉄パイプの音や、狩納が流した血の色。驚愕の眼差しで自分を見た、木内の唇。

解決し得ない事実ばかりが、ざらついた手となって綾瀬の神経を舐めてゆく。

大きく息を吐き、綾瀬は冷えた自分の顔を両手で覆った。

「狩納さん……」

声に出して、呟いてみる。その瞬間は、片時も頭から離れない恐ろしい記憶が遠ざかる気がした。

電話越しに聞いた狩納の声や、助手席で唇を拭った、指の感触。

不快な記憶を塗り潰すように、その一つずつを心に描く。目を瞑《つぶ》れば狩納の存在は容易に蘇るが、同時にここにはないぬくもりを思い、睫がふるえた。

狩納の姿を思い起こすたび、慣れない居心地の悪さに身動ぐ。何度体勢を整えようとしても落ちつかず、綾瀬は重い吐息を繰り返した。

熱を含んだような呼吸の底に、下腹を侵す、くすぶりを覚える。

その正体へ思い巡らせようとした時、鼓膜の奥に耳慣れた音が蘇った。電話を切る瞬間に届いた、狩納の息遣いだ。

「…っ……」

なにかを連想させるその音に、戸惑いが湧く。

ソファで体を丸め、綾瀬は恐る恐る熱っぽい下腹へ腕を伸ばした。

数日前、同じように狩納の手が撫でた場所だ。

この三日で腰回りがゆるくなったジーンズは、迷う綾瀬の指を簡単に受け入れる。引き抜こうとした指先が、下着に包まれた性器に当たった。

乾いた感触に、自らの熱と体勢の意味とを、決定的に覚る。

欲望よりも、感じたのは衝撃《しょうげき》に近い。同時にそれが自分の指だとは思えず、下着の上からそっと性器に押しつける。

「……っ……」

こんなふうに、自分の手で触れるなど、久しぶりの体験だ。

元より、性的には淡泊《たんぱく》なのだと思う。興味を持った年齢も遅く、経験にも乏しい。それが狩納と暮らすようになってからは、逆に過剰なまでに与えられてきた。

強いられて、男の前で触る以外、自分で積極的にいじる必要などなかったのだ。

今だって、あるとは思えない。

狩納が入院するほんの数日前まで、疲れきるまで触られ、舐められ、射精を強いられた。

それを思い起こすと、逆に指先が触れた部分からじんわりと熱が生まれる。

いつの間にか指先が、否定しながらも性器を握り込んでいた。

「っ……」

身動ぐと、背中がソファにこすれる。

きし、と革が軋む音が耳について、綾瀬は唇を噛んだ。

目を瞑ったまま掌を抜いて、迷った末にジーンズの釦《ボタン》を外す。ファスナーを下ろす音が大きく響いたが、一人なのだという確信が、半ば自暴自棄に綾瀬の背中を押した。

「……ん…」

布の上から、両手で握る。性器はまだぬれていなかったが、すぐには直接、やわらかな部分に触れるのが躊躇われた。

左手でつけ根を揉んで、右手で先端を包む。自分がなにをしているかは、考えたくなかった。狩納が怪我を負い、入院している瞬間に及ぶ行為ではない。

解っていたが、短絡的《たんらくてき》に熱を拭うため、右の指で作った輪のなかで性器を扱く。疲弊しきった肉体でありながら、不器用な刺激にも性器は勃《た》ち上がった。

足裏が痺れ、下腹に熱と快感とが集中し始めると、布越しの刺激では足りなくなる。下着を摺り下げ、両手で直接性器を摑んだ。

「う…う……」

長引かせず、射精を容易にするため、性的な想像を脳裏に求める。

一人で暮らしていた頃、それは必ずうつくしい肢体《したい》を持つ女性だった。桜会の本部室で触れた、甘い香水の香りが脳裏を過る。しかしそれに、意識を集中させることはできなかった。

顔を埋めるソファから、革の匂いに混じり、苦い煙草の香りが鼻腔へ届く。

狩納の匂いだと考えた途端、びくん、と手のなかで性器が揺れた。

「っ……」

ぬるぬるする体液が先端からあふれて、掌の動きを助ける。空調もつけていない部屋の温度を裏切り、忙しなく動く体ばかりが体温を上げた。

「ふ…」

指の腹で擽り刺激する狩納の動きを、指先が真似ようとする。口腔に溜まる唾液を飲むと、狩納が喉の奥で笑う音が首筋のあたりに蘇った。

もう、こんなにぬらしてんのか。

甘い声はいつでも、綾瀬の痴態《ちたい》を揶揄《やゆ》し、そして褒めた。

性器も尻の間でぬれて光る粘膜も、瑞々《みずみず》しい色で美味そうだ、と。

「……ぁ…」

もどかしいほどの性感に、性器をぬらし綾瀬は呻いた。いつの間にか狩納の指を思い描き、少し乱暴な動きで先端を掻く。つるりとやわらかな肉の狭間から、あたたかなしずくがしたたるが、決定的な衝撃は得られない。

どこで、気持ちよくなりたいんだ。

呆れたような狩納の口調を思い出し、罪悪感に眦が潤む。つけ根をいじっていた指が、性器を離れ、太腿の奥へと動いた。

「ん…ん……」

ぬれた体毛が、ひやりと掌に当たる。指の腹がすぐに見つけ出した粘膜の窪みは、性器と同様にし

っとりとぬれていた。

動いてるぜ。

明かりが灯る机の上で、大きく開かれた綾瀬の股間を、狩納は間近から覗き込んだ。皮膚の薄い内腿に、男の息遣いが蘇るようで、綾瀬は指先に力を込めた。

「…っ…、ぅ…」

ぬれた襞《ひだ》の形を、指の腹に感じる。狩納がするように、円を描いて丸く撫でた。触れている場所よりも、ずっと深い部分が疼く。

狩納に与えられるまで、知らなかった興奮だ。

口腔が渇いて、粘つく唾液を懸命に飲み下す。

指に力を込め、これ以上進めるのは怖い。だがこれが狩納の指だったら。その想像に、握っていた性器ごと、ぶるりと全身がふるえた。

「ぁ……っ…」

内腿が引きつるのに任せ、射精する。

掌へ迸《ほとばし》った精液を、綾瀬は呆然と受け止めた。上昇した体温にあたためられた精液の匂いが、鼻先を撫でる。

「……ぁ…、は……」

詰めていた息を解くと、掠れた声が出た。

同時にぽつりと、涙の粒がソファに落ちる。

整いきらない息のまま、綾瀬は鈍い動きでティッシュを引き寄せた。一度射精を迎えてしまえば、残るのは虚《むな》しさと、体の疲ればかりだ。

高揚も充足感も、そこにはなにもない。唾棄《だき》すべき己の汚らしさと共に、綾瀬はたった今まで自分を包んでいた熱の拠所《よりどころ》に背筋を軋ませた。

「…う……」

冷えてゆく体の内側から、呻くような声がもれる。

あたたかな腕が欲しいと、そう思った。しかし決して得られないことも、知っている。

不快な鳥肌に包まれ、綾瀬は汚れた体をただ丸めた。


「おい綾瀬、どこ行く気だ」

はっと我に返り、綾瀬は足を止めた。

目の前に、硝子張りの扉が迫っている。危《あや》うくぶつかりそうになった額を、山口が掌で包み引き寄せた。

「そっち便所だろ。食器片づけるのは、あっち」

綾瀬が支える盆《トレイ》を、山口が掬うように持ち上げる。沢山の学生が利用する、大学の学生食堂の食器はほとんどがプラスチック製だ。陶器《とうき》を模した丼《どんぶり》のなかで、半分以上残ったうどんが揺れる。

「んなに残して大丈夫か？　午後の授業、休講になっちまったけど、食うもんは食わねーと頭働かねーし力も出ねぇぞ？」

伸びたうどんを見下ろし、山口が無骨《ぶこつ》な容貌をしかめた。

「うん……もったいないけど、お腹一杯で」

精一杯明るく応えたつもりだが、声は力なく喉へ籠る。失せた食欲のせいばかりでなく、綾瀬の頬には青白い陰りがある。

結局、昨夜はほとんど眠ることができないまま一夜をすごした。

体も精神も、眠ることを深く欲《ほっ》している。しかし綾瀬の望みとは裏腹に、眠りを得ようと息をひそめればひそめるほど、目が冴《さ》えた。

病院にいる、狩納のこと。不安に打ちのめされながら、自分はそんな狩納を思い描いて、自慰《じい》に耽《ふけ》った。射精の瞬間、自分の脳裏を占めていたのは、男としてあるべき想像ではない。豊満な胸や、やわらかな肌を持つ女性とは無縁の、狩納によって与えられた記憶だけが、綾瀬を追い上げた。

思い出すだけで、自己嫌悪で消え入りたくなる。

狩納に出会うまでは、同性同士の性交など、考えたこともなかった綾瀬だ。狩納が望まなければ、進んでそれを求めるなどあり得ないはずだった。

今日に至るまで、狩納以外との性交を綾瀬は知らない。狩納が言う通り、自分の体は人一倍快楽に弱いのかもしれない。だがそれだけでなく、男の技巧《ぎこう》と経験こそが、この体から易々と快楽を引き出すのだと、綾瀬は漠然《ばくぜん》と考えてきた。

もしかしたら自分は世間一般の常識に照らし合わせ、女性が好きなのだろうと、そう思ってきただけなのかもしれない。

同性同士の性交に抵抗を示しながら、実際自分の嗜好は、同性にこそあったのだろうか。

自分自身の問題でありながら、何度胸の内を浚《さら》っても、答えを導き出すことができなかった。

「サンドイッチとか買ってきてやろうか？　途中で腹減れば食えるだろ」

食器の回収口に立ち、山口が心配そうに世話を焼く。

ほとんど手をつけられていない食事を捨てるのは、綾瀬にとって辛いことだ。これ以上、なにを買ってても同じように無駄にしてしまうだけだろう。首を横に振って断ると、山口は筋肉に覆われた肩を大きく落とした。

「無理にでも、口んなかになんか入れてやりたくなるな。ただでさえ細っこいんだから、せめて食ってくれよ。木内も心配するぜ？」

友人の口から出た名に、ぎくりと綾瀬の肩がふるえる。

過剰な反応はすまいと決めていたのに、思わず息を詰めてしまった自分が憎かった。

幸いと言うべきか、今日はまだ木内と顔を合わせていない。今日だけでなく。一昨日《おととい》大学に登校した時も、教室に木内の姿はなかった。

最後に木内に会ったのは、狩納が緊急入院したあの病院でのことだ。

触れるだけで離れた唇の唐突さもまた、蘇るたび綾瀬を眠りから遠ざけた。木内の真意は知りたいが、しかし今すぐ顔を合わせる勇気もまた、ない。

どんな顔をして、会えばいいのか。

狩納と自分との関係に不自然なものを感じ、悪戯心であんな挙動に出たと考えるには、木内は真面目な人間すぎる。自分を深く理解し、穏やかな距離を保ってくれる木内は、綾瀬にとって大切な友人だった。もしあの口吻けが、木内自身予期しなかった偶然であり、事故のようなものだったのなら、理由を問い質《ただ》したりしない方がいいのかもしれない。

なにもなかった振りをして、話を蒸し返さずにいれば、今まで通りつき合っていける気がした。全く同じというわけにはいかないだろうが、激しい言葉や感情の応酬《おうしゅう》をかいくぐるより、その方が余程楽だろう。

楽。

その言葉の消極的さに、また胸が重くなる。

ひっそりと息を吐いた綾瀬に、山口ががりがりと頭を掻いた。

「本当にどうしちまったんだろうねぇ。木内のやつも……って、あ、いるじゃねーか、あいつ」

伸びやかな山口の声に、綾瀬がはっとして顔を上げる。学生で賑《にぎ》わう食堂の一角へ、山口が笑顔で片手を上げた。

「おう。サボリ野郎」

にやっと笑った山口を、肩からデイパックを提げた木内が振り返る。

心なしか髪が乱れ、疲れた風貌をしているようだ。

先程まで綾瀬たちが食事を摂っていたテーブルの脇に立ち、友人と言葉を交わしていたらしい。木内の隣には、額に真っ白な包帯を巻いた三島の姿があった。

「綾瀬！　お前怪我大丈夫？　連れの人もその後どう？」

綾瀬に気づき、三島が木内を押し退け身を乗り出す。事故の際、綾瀬から最も近い位置にいた三島だが、そのわずかな差が怪我の程度を大きく分けた。腕や背中に打撲を負い、鉄材で切り傷を作ったものの、三島は入院には至らなかったらしい。怪我と事後処理に追われたせいか、三島の顎には見慣れない無精髭があった。

「あ……」

「今木内とも話してたんだけど、会を代表して、会長たちと近いうちに見舞いに行かせてもらえたらと思って。なあ、木内」

同意を求め、三島が木内を振り返る。頷いた木内が唇を動かす前に、綾瀬は床を蹴っていた。

「……あ、綾瀬？」

「ご、ごめん、俺、ちょっと……っ」

言い訳の言葉も見つけられず、出入り口へ駆けた綾瀬に、山口がびっくりと目を見開く。

「お、おい！　腹でも痛いのか？　綾瀬！」

大きな声で呼ばれても、振り返れない。息を詰め、綾瀬は足が動くに任せ、食堂を飛び出した。

左手側の中庭に、飾りつけられた大きな樅の木が見える。

点灯式と共に、電飾に明かりを灯すことは見送りとなったが、樅の木の飾りつけそのものは残された。

寂しげに立つクリスマスツリーの脇を抜け、全力で走る。

冷えた空気が痛みを伴って鼻腔を通り、肺へ入り込んだ。目指す場所が、あるわけもない。

ただ衝動《しょうどう》に負け走る綾瀬を、芝生にたむろしていた学生が不思議そうに振り返った。

混乱する気持ちのまま、ツリーを背に人気のない裏庭へと足は進む。

逃げるつもりなど、なかったのに。そもそもその必要も、なかったはずだ。木内が自分を追ってくることはまずあり得ない。追うどころか、友人の目の前で誰かを攻撃するような男でもなかった。

気まずい空気が流れたとしても、あの場で綾瀬が口を噤《つぐ》んでいれば、木内もまたそうしただろう。

それをこんな形で逃げ出したのだ。驚きに目を瞠った木内を思い出し、足元がぐらりと揺れる。

「…っ、…は…」

息が切れ、つんのめるようにして綾瀬は足を止めた。

「…なんであんな……」

声に出して呟こうにも、言葉は全て荒い息に紛れる。

戻って、みんなに謝らなければならない。

木内と顔を合わせる覚悟がないからといって、こんなふうに逃げ出すのは卑怯《ひきょう》だ。このまま木内との関係を切り捨てるつもりならばともかく、その覚悟がないのなら今すぐ引き返すべきだった。

解ってはいるが、足はどうしても食堂へ向かない。

自分の臆病さに、鼻腔の奥が鈍く痛んだ。

「綾瀬！」

切迫した息遣いを押し退け、強い声が綾瀬を呼ぶ。

不意打ちを食らった思いで、綾瀬は息を詰めた。反射的に振り返った視界に、白い息を吐いて駆ける木内が映る。

思わず身を翻《ひるがえ》そうとした綾瀬に、木内が大きく口を開いた。

「待て！」

常にない声音の響きに、びくんと綾瀬の足が止まる。木内自身、自分の声の強さに驚いたのだろう。目を瞠り、疎《まば》らに生えた立木の下で足を止めた。

整いきらない息に喘ぎ、木内が両手を突き出す。

「コート…。風邪、ひくから」

互いの距離は、決して近くない。

木内が抱えていたのは、くすんだ緑色をした綾瀬のコートだ。自分が上着も持たず飛び出してきたことに気づき、綾瀬はどうしていいか解らず棒立ちになった。

応えない綾瀬を、怒りによる頑《かたく》なさだと解釈したのだろう。木内がコートを摑む腕をふるわせた。

「………ごめん」

冷えた空気を、木内の声だけが縫って響く。

「木……」

「違う。今のごめんは、余計なことだったなら謝るって意味の、ごめん」

綾瀬が口を開くより早く、木内が顔を上げ、首を横に振った。

「…コート、余計だったら、ごめん。……でも、この前の病院でのことは……、謝れない」

病院、と、はっきりと言葉にされ、寒さのせいではなく肩がふるえる。

綾瀬に届くよう、常よりも大きな声を上げ背を伸ばして立つ友人を、綾瀬は初めて目の当たりにするもののように見た。

「謝るべきなのかもしれないけど、でも……」

忙しなく、木内の目が綾瀬を見て、そして植え込みが続く足元へと落とされる。

舌先で唇をしめらせた木内が、次になんの言葉を口にしようとしているのか。漠然とした予感と共に、綾瀬はその唇を見詰めることしかできなかった。

「俺、綾瀬のことが好きなんだ」

血を吐くのと、それは同じ告白だったのかもしれない。

白い息と共に、声は張り詰めた冬の大気を凛《りん》とふるわせた。

「好きだから、キスした。……だから、謝れない」

明瞭に言葉にされ、足元が揺らぐ。

飾りのない言葉が、冴えた空気よりも明らかに綾瀬の体を貫いた。

「き、急にこんなこと言って、頭、おかしくなったとか思うかもしれないけど……」

初めて、木内の声が迷い、途切れる。

「でも、冗談とか、そんなんじゃないんだ。俺、本気で……」

呻くように声を絞った木内から、目が逸らせない。

木内が本気であることくらい、綾瀬にでも理解できた。木内は冗談で、こんなことを口にしたりはしない。

「ずっと、言わないつもりだったんだ。と、友達で、いられなくなるだろうし、それに、男同士でこんな話、気持ち悪いだろうから」

「気持ち悪くなんか、ないよ」

考えるより先に、声が出た。

弾かれたように、木内が顔を上げる。

真っ直ぐな視線に注視され、綾瀬は喘ぐように息を吸った。

「気持ち悪くなんか、ない」

繰り返し、一歩、木内へと近寄る。

綾瀬の言葉が余程意外なものだったのか、今度は木内が沈黙する番だった。なにか言おうと口を開いたまま、戸惑うように、大きな呼吸を繰り返す。

「無理、しなくていい。…綾瀬は、やさしいから…。お、俺だって、おかしいと思うんだ、だから…」

苦しげに、木内の眉間が深い皺を刻んだ。

綾瀬もまた、同じ苦しみに感染したように、顔を歪める。それでも一歩ずつ、綾瀬は木内へと近づいた。

「俺、やさしくなんかない……」

呻き、そっと右腕を伸ばす。

緑色のコートを摑んだままの木内に、綾瀬は冷えきった自分の掌を押し当てていた。

「やさしくなんか、ないんだ……」

やさしいのは、木内の方だ。

自分が他人に対し、激しい感情や言葉を向けられないのは、やさしいからではない。

自分と木内とが、少しでも似ていると考えていた思い上がりが恥ずかしかった。自分たちは、まるで違う。

自分には、木内のようなやさしさも、それを支える勇気もない。

強さに裏打ちされた木内の寡黙《かもく》さを、自分は全く理解していなかった。木内の沈黙は、誰も傷つけない。だが自分が口を噤むのは、臆病さ故《ゆえ》だ。

ゆっくりと、肺の奥へ空気を流し込む。

手で触れた木内の指は、綾瀬のそれよりもあたたかい。皮膚が弱いと以前話していた通り、関節のやわらかな部分が荒れている。

木内が自分を好きだと言ってくれた言葉の意味は、今更問うまでもない。病院でしたように、口吻け、またそれ以上の衝動を伴う愛情だ。

それを知った上でも、言葉にした通り木内に対する嫌悪感はない。だが木内と同じ欲望を感じるかと言えば、そうではなかった。

できることなら、結論など出さずこの場を逃げ出してしまいたい。

誘惑は、常に綾瀬の内側にあった。

木内に返せる答えがあるとしても、それは一つきりだ。拒絶の言葉は、時として肯定以上の勇気が求められる。きっとこの瞬間、踵を返して逃げ出せば、今度こそ木内は自分を追いはしないだろう。

諍《いさか》うより、傷つけ合うことなく距離を取る方が、楽だ。自分はずっとそうやって、逃げてきた。

苦痛を乗り越える勇気を、持たなかったのだ。

「俺、狩納さんと……暮らしてるんだ」

木内の手に重ねた指先が、ふるえる。

黒い木内の双眸が、訝しげに見開かれるのを綾瀬は見上げた。

「狩納さんって……、怪我した人…？」

病院で繰り返した狩納の名は、木内にとっても忘れ難いものだったのだろう。尋ねられ、綾瀬はこくりと頷いた。

「うん。…あの人」

「…だって、綾瀬、アパートに……。…下宿？　もしかして、あの人、大家《おおや》さんとか……」

大家。

確かに、そう言って狩納を紹介することも、可能かもしれない。

先程木内がそうしたように、舌先で唇をしめらせる。

勇気が欲しかった。

木内が自分に対して示してくれたように、自分も持ちうる限りの誠意を示したかった。木内を受け入れられない理由に、お互いが同性であることを挙げるのは容易い。

誰もが納得できる理由だが、しかしそれもまた真実ではなかった。

昨日自分は、同じ性別を持つ狩納を思い描き、自慰に耽った。男同士での性交を受け入れ難いと言い続けながら、その実欲望の糧《かて》にしたのは、男である狩納自身だったのだ。

罪深い。

同性同士での行為以上に、これは狩納に対する裏切りだ。

そして男同士だからこそ、愛情を受け入れられないと語ることもまた、木内に対する裏切りだと思った。

「そうじゃないんだ。……どこから話せばいいか、解らないけど……、狩納さんのマンションに、俺が…住まわせてもらってるんだ」

詰まりながら吐き出す声に、指先ごと、木内の体がびくりとふるえる。

「………え…？」

溜め息のようにもれた声は、驚愕と以外に呼びようがない。

言葉そのものが理解できなかったかのように、木内が眉根を寄せた。

「それって……どういう……」

動揺を隠しきれない木内の声音に、綾瀬がきゅっと唇を噛み締める。胸の内側でうるさく弾む心音を抑えようと、深く、息を吸う。

「……狩納さんは、大家さんでもないし、親戚《しんせき》…とかでもないし、俺とは、全然、住む世界が違うっていうか…。でも…俺……」

狩納を、大学の人間に見せることが怖かった。

自分とはあまりにかけ離れた世界の人間を、紹介する方法が解らなかったからだ。

今でもなんと表現するのが的確なのか、綾瀬には解らない。もし狩納と同じ関係に陥《おちい》ったのが木内だったとしたら、自分はどうしただろう。

友人だと、そう紹介しただろうか。

自分の想像に、綾瀬はちいさく首を横に振った。

「俺が狩納さんと暮らしたいから、だから、一緒に住んでるんだ」

ぴたりと、いつの間にか重ねた木内の手のふるえが止まっている。

見上げる綾瀬の視線を、木内がただまじまじと見下ろした。

詰《なじ》られる、かもしれない。

同性の自分を好きだと言ってくれたが、木内が自分以外の男にも、同じように興味があるのかは解らなかった。

実際綾瀬が他の男と生活を共にしているなど、木内は微塵《みじん》も予測し得なかっただろう。真実を知れば、途端に自分を汚らわしく感じるかもしれない。

仕方のないことだ。

罵倒《ばとう》されることも、噂を友人たちに吹聴《ふいちょう》されることも、可能性は無ではない。木内がそんな挙動に出るとは考えたくなかったが、しかし結果としてそうなったとしても、恨むことはできなかった。

「……綾瀬が、決めたのか?」

長い沈黙の末、掠れた声で木内が問う。

静かに、綾瀬は頷いた。

「…うん」

迷いのない返答に、木内が虚を衝かれたように息を詰める。だがすぐに、木内は薄い唇を引き結んだ。

「…好きなのか？　綾瀬は、あの人のこと」

「……っ…」

好き。

明快に響いた言葉は、安易な好意を示すものではない。

狩納に対する感情を、木内が自分へと向けてくれたものと同じ言葉で表すことができるのか。迷い、青くなった綾瀬の顔色が、今度は昨夜の痴態を思い出し、赤くなる。

一頻《ひとしき》り動転する綾瀬を、木内はただ息をひそめて見下ろした。

「……解らない…」

覗き込む木内の視線に耐えかね、詰まりながらも絞り出す。

「木内が、俺のこと……す、好きだって言ってくれたのと、同じ気持ちで好き…なのかどうかは、自分でもよく解らない…」

けど、と、綾瀬は言葉を継いだ。

桜会の友人たちが、華やかに交わす言葉のなかにも、その感情は多く存在する。木内の胸にも、同じ好意も愛情も、当たり前のようにあるのだろう。

だが自分自身の内側を探った時、全く同じ高揚を見出すことはできなかった。

解らないのだ。

女子学生を熱狂させ、穏やかな木内までを駆り立てた激情が、自分にも存在し得るものなのだろうか。もしかしたら、これは決定的な欠落なのかもしれない。それでも、そんな自分にも一つだけ、はっきりと解ることがあった。

「狩納さんが、大切なんだ」

言葉にした途端、胸のあたりからすとん、と、力が抜ける。

落下したなにかが、体の一部とぴったり符合《ふごう》する感覚を、綾瀬は意識とは異なる場所で味わった。

知らず、口元が綻ぶ。

息を吐くように睫を伏せると、眩しいものを眺めるように、木内が目を細めた。

「……そうか…」

もう一度、木内が同じ言葉を繰り返す。

「…俺、すごく迷ったけど、やっぱり今日、お前に言えてよかった」

低く呟いた木内の声音には、もう苦痛の影はなかった。

黒い目の奥が、ちいさく笑う。

「ごめん、俺の、自己満足だけど」

「木内……」

「あ…っ」

弾かれたように、木内が短い声を上げた。

「い、今のごめんは、お前、びっくりさせたことに対してのごめん、で、キ、キスしたことと、告ったことは、俺、謝れないから、ごめん」

やはりごめん、と、言葉を足してしまった自分に、木内が渋面を作る。眉根を寄せた友人に、思わず綾瀬は笑みを浮かべた。

木内らしい生真面目さに、胸の奥があたたかくなる。同時に、唐突に狩納に会いたくなった。

「笑うなよ」

渋く呟きながらも、木内の唇の端がゆるむ。

どちらからともなく吹き出す頃には、以前より親密になった友人との距離に感謝した。

午後をすぎると、陽射しは大きく傾く。

夕間暮《ゆうまぐ》れを飛び越えて、墨色に染まろうとする空からは、今が何時か見当をつけることは難しかった。携帯電話の電源を落とす前に確認したところでは、時刻は午後五時をすぎたところだ。

手袋に包まれた指先を握り込み、綾瀬は照明に浮かぶ建物を見た。

外来の診察時間を終え、静まり返った病院は、そこにあるというだけで綾瀬を怯えさせてやまない。蘇ろうとする記憶に胸を喘がせ、それでも綾瀬は病院へ向け、足を踏み出した。

傍らには染矢も、久芳もいない。誰に相談することもなく、授業の休講により早まった帰宅時間を利用し、バスを乗り継ぎ訪れたのだ。

罪悪感が、なかったわけではない。

だがどうしても、狩納に会いたかった。

いても立ってもいられない衝動に負け、ここまで来てしまった。

せめて久芳へは、連絡を入れるべきだった。狩納も、約束を破り突然自分が訪れたら、驚くだけでなく、怒るだろう。

バスを降りた頃には、大学を後にした直後の高揚感は、濁《にご》った悔恨《かいこん》に変わりつつあった。自分の無謀さもそうだが、衝動の強さに戸惑う。

引き返そうか。

何度目かの囁きが、胸の内側で大きく響いた。

正しい選択は、おとなしく迎えを待ち、マンションへ戻ることだったはずだ。綾瀬自身を安楽に保つ選択も、同様だった。

それでも、自分はここへ来たのだ。

踵を返したがる足を律し、正面玄関をくぐる。

観葉植物が置かれた正面玄関は、薬の匂いなどもない。だが壁の白さや、整然と並んだ車椅子の影に、逃げ出したいような薄ら寒さが込み上げた。

大きく息を吸い、竦みそうになる足で綾瀬はエレベーターへ乗り込んだ。

狩納に会って、なにを話そうか。

何度も思い描いてみるが、そのたびに頭が真っ白になる。実際狩納の前に立っても、気の利いたことが言えるとは思わなかった。

何故一人でここに来たか。当然追及されるであろうその答えにも、窮するだろう。

戸惑う綾瀬を余所《よそ》に、エレベーターの扉が開く。整形外科の病室は、入院病棟の五階だ。個室が多いせいか、廊下はひっそりと静まり返っている。

意外にも沈黙は生活感を感じさせたが、綾瀬は強張る自分の体を意識した。

幾度か通った狩納の病室の前に、立つ。白い引戸に塡《はま》った金属製の把手《ノブ》を、綾瀬は握った。

意を決し拳を固める。扉を合図《ノック》しようとしたその時、綾瀬はあることに気がついた。

「……ぁ…」

扉の脇には、入院患者の氏名を示す札《ふだ》入れがある。昨日綾瀬がここを訪れた際には、狩納北《そむく》、と書かれた札が差し込まれていた。

しかし今そこに、それはない。

「どうして…」

指先が、ふるえる。

鼓動が、大きく左胸を蹴った。

喉の奥から、どろりと心臓が吐き出されそうな不快感に息が詰まる。ふるえる腕で、綾瀬は扉を開いた。

薬品臭い匂いが、鼻先に抜ける。

カーテンが開いた窓から、外灯の明かりが部屋を照らしていた。

照明が落とされた部屋には、電話やパソコン、ファックスなどが、薄い影を纏って佇《たたず》んでいる。

その中央に置かれた寝台は寝具が片づけられ、痩せ細った鉄の死骸《しがい》を思わせた。

ぐらり、と視界が揺らぐ。

退院、したのだろうか。

現実的であるはずの思考が、遠く不確かになる。

狩納の容態は、生き死にに関係するものではない。頭では解りきっているはずなのに、体のどこかが否定する。

白い、病室。どんな楽観も許さない、閉塞《へいそく》の箱。愛しい、大切な者を捕らえる檻《おり》は、綾瀬を怯えさせてやまない離別の象徴だ。

眼の奥で、鈍い光が明滅した。いつの間にか真っ直ぐ立っていられなくなった体が、傾きながら二つに折れる。

「…ぐ……」

込み上げる吐き気に、胃が焼けそうだ。

「どうしたんです、大丈夫ですか?」

切迫した女性の声が、廊下に反響した。

把手を握ったまま、ぐったりと床へ膝を着いた綾瀬に気づき、看護師が駆け寄る。

気色悪い汗が額を、首筋を、背中を覆って、綾瀬は音を立てる奥歯のふるえを聞いた。

「どこが苦しいんです?　お名前は?」

把手を摑んで放さない綾瀬の指を、看護師が解こうとする。鳥肌を立てて引きつる指は、冷えきって動かない。

何故だ。

終末は、いつでも恐ろしいほど呆気ない。

こんなふうに、狩納も消えてしまうのか。手が届かない、ずっとずっと先へ。

狩納。

男の名が胸を叩くたび、痛みより鮮明な熱が込み上げる。ぐぅっと喉がおかしな音を立てたその時、
堅い足音が廊下を打った。

「退《ど》けっ」

声の厳しさに、看護師が息を呑む。頭上を、黒い影が覆った。抗議の声を上げた看護師を無視し、
強い掌が肩を支える。

「……あ…」

掬うように体を引き寄せられ、綾瀬は歪んだ声をもらした。

自分とは異なる体温が、触れた部分から染みてくる。ふるえながら見上げた視界に、恐ろしく光る狩納の双眸があった。

「なにやってんだ、お前、こんなところで！」

男の恫喝《どうかつ》を遠くに聞く。

部屋着を脱いだ狩納は、昨日綾瀬が差し入れた外出着を身に着けていた。健康な世界の匂いが、綾瀬の視界を鮮明にする。

「狩……」

辛うじて名を絞り出そうとした声が、無様《ぶざま》に掠れた。それでも、肺はあたたかく膨《ふく》らむ。指先がしっかりと狩納のシャツを摑み、力の失せた膝が床へ落ちた。

「……驚かせやがって」

マンションの正面入り口に立ち、狩納が低い呟きを繰り返した。細い綾瀬の手を、男の左手が摑んでいる。

反対側の右腕は、目が覚めるような白い包帯によって固定されていた。

「すみません……」

細く謝罪した綾瀬の目の前で、エレベーターの扉が開く。

病院からマンションへ戻るタクシーのなかでも、右手は大半狩納に触れ、また触れられていた。

病院の廊下で貧血を起こした綾瀬の体は、まだどこか冷たい。退院の仕度を終えた狩納が、あそこで引き返してこなかったらどうなっていたのか。想像するのも恥ずかしく、また恐ろしい。

自分の内側に深く根を張った弱さと、新しく心を覆う、狩納への依存心《いぞんしん》をまざまざと見せつけられた心地がした。

身繕《みづくろ》いを整えた狩納は、予定より早く退院を決めたらしい。手続きをすませ、ナースステーションへ言づけを頼もうと、狩納は病室があった階へ戻った。そこで倒れかけた綾瀬を見つけたのだ。

「一人で出歩くやつがあるか。しかも病院だぜ?」

体調を気遣われると同時に、一人で外出したことを院内でも一喝《いっかつ》された。当然だ。いまだ足元に力が入らない綾瀬に比べ、ギプスを嵌めた狩納の方こそ健常に見える。

「すみません、本当に……」

目を伏せた綾瀬の首筋を、狩納が舌打ちをしたそうに見下ろした。

「…んなに痩《や》せちまいやがって」

この数日で、綾瀬の体からは明らかに肉が落ちている。狩納の嘆息に肩を縮めると、大きな掌が手首を離れ、頭を包んだ。

「怒ってんじゃねえよ。…ただんなことくれぇで、飯食えなくなんのは困るよな」

「こ、こんなことって……」

「大した怪我じゃねえよ。そりゃ、目の前であんなことになったんだ。お前がびっくりしちまうのも無理はねぇけど」

慌てて声を上げた綾瀬の髪を、狩納がくしゃりと掻き回す。ギプスに包まれた自分の右腕を示し、狩納が今度こそ舌打ちをした。

「なんにせよ、お前は心配しすぎだ」

狩納は綾瀬の憔悴《しょうすい》を、事故を目の当たりにした衝撃のためと考えているのだろう。ちいさく息を吐いた狩納が、再び綾瀬の手首を摑み、撫でた。太い血管が走る関節の内側は、皮膚が薄く感覚も鋭敏だ。狩納の指のささくれまで感じ取って、綾瀬は顔を上げた。

「それともなにか。俺がいなくて、寂しかったのか？」

にやりと歪んだ口元には、まるで本気ではないいやらしさがある。

「三日もほっといちまったんだもんな。俺がいなくて、寂しかったんじゃねぇのか」

こっちの方も。

声を低め、狩納がいつ人が乗り込んでくるともしれない場所で、綾瀬の尻を摑んでくる。

「狩……」

ぎゅっ、と、尻の肉に指が食い込み、度がすぎる冗談に綾瀬は身動いだ。違う、と、すぐに否定しようとした言葉が、喉に詰まる。

吐き出すべき一言を呑み込んだ綾瀬に、狩納が鋭利な双眸を見開いた。

綾瀬の反応が、余程予想に反したものだったのだろう。自分で切り出しておきながら、狩納が心底訝しそうに眉間に皺を刻んだ。

「……マジで？」

低さを増した狩納の声に、かっと首筋にまで羞恥が込み上げる。

「ち、ち、ち、違います…っ」

裏返った悲鳴を上げたが、遅かった。

まじまじと自分を見下ろす狩納の眼が、光を増す。

「狩……」

男の名を呼ぼうとした声が、微かな浮遊感に重なる。厚いエレベーターの扉が、最上階である目的階で停止し、開いた。

「…あ……」

狩納の左腕が、綾瀬を引き寄せる。半ば掬い上げられるようにして進んだ扉までの距離は、一息で埋まった。

扉が開かれた室内は火の気がなく、外気同然に冷えている。だが寒いと感じていられたのも、最初の数秒だった。

縺《もつ》れ合って上がり框《かまち》を越え、靴が廊下に堅い音を立てて転がった。

床が汚れる、と思う間もなく、噛みつくように唇を口で塞がれる。

「…ぁっ……」

ちゅ、と高く響いた舌音は、唇が深く噛み合うとすぐにぬれて濁った。唇の内側を舐めた狩納の舌の熱さに、体ごとふるえる。

「ん…、ん……」

床板の冷たさも忘れるほど、壁に背を押しつけられ唇を吸われた。

息苦しさを感じ呻いたが、満足な呼吸は得られなかった。

涙目になった視界を、濃い狩納の影が覆う。狩納の体と自分の胸の間には、首から吊られた男の右腕があった。

「か…、ぁ…、は……」

唾液があふれるほど口腔を掻き回されても、腕を伸ばして狩納を遠ざけられない。狩納の右腕に触れないよう、後退《あとじさ》ろうとするたびに背中が壁で波打つ。

「言えよ……」

囁く狩納も、浅く息が上がっていた。

「…俺がいなくて、寂しかったのか？」

返答を強請《ねだ》る男の唇が、もう一度口を塞いでくる。

呑み込んだ互いの息がぬれていて、綾瀬は壁に頭部を擦りつけた。

「違……」

違う、と繰り返しながらも、その言葉に意味があるとは思えない。狩納の左手が、綾瀬の喉元を捕らえ、じわりと伝った。

「……ぅ…」

大きな掌が薄い胸を探り、股間へ行き着く。

身を捻り、腿に力を入れて阻《はば》もうとしたが無駄だった。

「こんなになってんのにか？」

指先が、布地の上から股間を押さえる。開いた二本の指に、早くも反応を示す性器を挟まれ、綾瀬は恥ずかしさに首を横に振った。

「…や…っ…」

「キスだけで、んな堅くなっちまうなんて。四日犯《や》らなかっただけだぜ？」

呆れたような口調を作られ、羞恥に体が崩れそうになる。そうでなくても近すぎる互いの距離に熱が増して、踏み締めた床さえ溶けそうだ。

「なあ、綾瀬……」

皮膚に直接振動を伝える狩納の声音に、細い顎が上がる。

「……ぁ…、俺……」

堅い指で持ち上げられるように性器をいじられ、膝が内側に寄った。

ゆるめたり、逆手《さかて》に返す動きは予測ができない。自分で握るのなどとは、比べ物にならない刺激だ。

狩納の、手だった。

「俺……」

呻く声が、泣き出しそうに掠れる。

厚い生地《きじ》の下で、性器はすでに痛いほど張り詰めていた。狩納に揶揄されるまでもなく、性急で我慢の足りない反応だ。

狩納のいない間、綾瀬は完全に禁欲的だったわけではない。

自分の手を使い、刺激を得て吐き出したのだ。それにも拘らず、こんな場所で容易に勃起し、ぬれているだろう自分が恐ろしかった。

「釦《ボタン》、外せよ。きついんだろ?」

性器をいじりながら、狩納がジーンズの縁を親指で引く。直接触れられる刺激の強さを想像し、綾瀬は細い声を上げた。

「…ぁ…、おか…しい……」

詰まりがちな声が上手く聞き取れなかったのか、狩納が上背を丸めて耳を寄せる。薬剤よりも明確に、苦い、煙草の匂いが髪から香った。

「なにがだ」

囁きの合間に、狩納の左手がジーンズの釦を毟《むし》る。四日前より確実に細くなった綾瀬の体に、狩納が舌打ちをした。

「お…、俺、……男の人と、こんな……」

ひく、としゃくり上げた綾瀬の呻きに、狩納の腕が動きを止めた。だがすぐに、奥歯を噛み、足先を使って綾瀬の腰から着衣を引き下ろす。

「気持ちいいんだろうが」

「…お、男の人と……、こ、こんなこと、するの、…嫌だって、思ったのに……俺……」

「っ……！」

鋭さを増した狩納の双眸が、真正面から綾瀬を見た。

罵倒を吐き捨てようとしたのか、唇を開きかけた狩納が動きを止める。涙の膜に覆われ、狩納を見た目の色に、男が呑まれたように息を詰めた。

子供のように洟を啜る音が、すん、と鳴る。

「お…おかしい……」

泣き声じみてふるえた声に、狩納が信じられないものを見るように眉根を寄せた。

「……ど………どうしよう、狩納さん……お、俺……、お、おかしく…なっちゃった……」

不安を吐き出すと、同時にぐっと、嗚咽《おえつ》が込み上げる。

泣いては、いけない。

そう思うのだが、眼球の奥が熱く痛んだ。

「お前……」

狩納のこんな声を耳にするのは、珍しい。

恥ずかしさに、今すぐ消えてしまいたかった。

「あ…っ…」

踵を返し、男の陰から身を翻そうとした綾瀬を、強い力が摑み取る。

「…嫌じゃねえって意味、か？」

呼気が触れ合うほど間近で尋ねた狩納の声は、どこか低く、掠れていた。抉られるほどに強い眼光が怖くて、顎を引いて顔を伏せる。

「俺に触られんのが、嫌じゃねえってことなのか？」

問いを重ねた狩納が、摑んだ腕を軽く揺さぶった。

足元から体が揺れて、壁伝いに崩れそうになる。

「俺……、おかしい……」

男の狩納に触られて、何度も快感を得た。それが致し方ない生理現象に因《よ》るものだとしても、異常な行為であることに変わりはない。

その上狩納という男を想像し、自慰にまで至った。誰に強いられたものでもなく、綾瀬自身が、それを求めた。

同性を性の対象にできないと言った自分が、自らの言葉を裏切ったのだ。

「なにがおかしいんだ」

「だ……、だって、俺……、男の、人と、あんな……、できないって……」

今だって、本当に自分が同性の肉体に魅力を感じているのか、疑いたい気持ちがある。男に対し無条件に欲情できるとしたら、これまで生きてきた全ての価値観が引っ繰り返るような恐ろしさがあった。

しかし、事実は事実だ。狩納の性別も、狩納が与えてくれる快楽の種類も、男以外の何物でもない。

「男とできなくっても、俺とはしてえんだろ？」

違うのか。

低い、探る声で尋ねられ、綾瀬は涙の膜に包まれた瞳を見開いた。

「他のやつじゃなくて、俺と、してえんだろ…？」

繰り返された言葉は、どこか狩納自身の希望をも含んでいたのかもしれない。

眉間を寄せ、自分を覗き込む狩納の双眸を、綾瀬はまじまじと見返した。

そんな言葉を、何故狩納は易々と見出せるのか、綾瀬にはまるで理解ができない。

「俺は、お前としてぇぜ？」

綾瀬の瞳を覗き込んだまま、狩納が唸る。

明確な意志に満ちた言葉に、鼻腔の奥が痛んだ。自分が手探りするどんな場所も、狩納にとっては容易に踏み渡れる堅い土地なのか。

その確信がどこからくるのか、綾瀬は知りたいと、そう願った。

「すげぇ、してぇ」

繰り返した狩納の肩へ、どうしようもなく額を押し当てる。


なめらかな革に埋まった膝が汗で滑って、不快に軋む。

広い居間のソファで両膝を開き、綾瀬は厚い男の体を跨《また》いでいた。

浅くかけた狩納は、向かい合う綾瀬が縋りやすいよう、ソファに背を預けている。半分しか点《とも》されていない照明に、狩納の右手を包む包帯が白く照らされた。首から吊っていた補助具は、居間へ入るや否や、毟り取られてしまっている。

「口、開けろ」

尻を支えていた狩納の手が離れ、引きつる綾瀬の唇を撫でた。尻の粘膜を潤したジェルと、互いの体液でぬれた指からは饐《す》えた性の匂いがする。

「息、ちゃんと吸え」

促す男の声も、浅く乱れていた。

それだけのことなのに、腰からくたりと力が失せる。支えきれない体が沈んで、ず、と太い肉が粘膜を割った。

「あ…っ…」

限界まで広げられた綾瀬の肉が、男の性器を半ば近くまで呑み込んでいた。

自分がどんな恥ずかしい格好をしているのか、考える余裕などない。

実際寝台に横たわるより、怪我を負った狩納の負担は格段に減るだろう。いたたまれない恥ずかしさも、熱も、狩納の右腕が視界に触れるたび、綾瀬を萎縮させた。

「大丈夫だ。ちゃんと入ってる」

ソファから背中を浮かせ、狩納が耳元で教える。

「っ……」

ゆっくりと腰を落とし、太く長い性器を呑み込む行為は、永遠に続くのではないかと思えるほどだ。

「触ってみろよ」

肩を摑み、懸命に体を支えようとする綾瀬の手首へ、狩納が顔を擦り寄せる。

「…や……」

密着した体のあまりの近さに、身動ぎするのも怖い。折り畳んだ足の側面は、嚙み合うようにぴったりと、狩納の足に沿っていた。一人では決して得られない、体温だ。狩納以外から得たいとも思わないものだった。

「やわらかくて、気持ちいいぜ？」

綾瀬の手に顔を擦りつけ、狩納の左手が尻の下へもぐる。張り詰めた尻を掌でこすられるだけで、ひくりと背が反った。

反動で、また尻が落ちる。

「…ぃ…あ、…っ、あ……」

白い喉を晒して喘ぐ綾瀬の鎖骨《さこつ》や咽頭《いんとう》を、狩納の舌が美味そうに舐めた。

「…な？　んなすげぇ口開いて、俺の、くわえ込んでんだぜ？」

尻を掌でさすりながら、指先が広げられた粘膜へ触れる。周囲の皮膚が内側へ引き込まれ、つるりとなめらかに張り詰めた場所を、狩納の指が左右に動いた。

「や……っ…、触……らな……」

ジェルか、あるいは互いがこぼした体液か。狩納の指はぬるりと滑り、押すように揉まれると、腹の奥がぐっと迫り上がる錯覚があった。

苦痛と紙一重《かみひとえ》の、痺れるような気持ちよさだ。

「尻擦りつけてきてんの、お前だろ」

可笑《おか》しそうに、狩納が笑う。

事実綾瀬の尻はずるずると沈み、狩納をほぼ根本まで呑み込んでしまった。

「…ああ…ぁ……」

押し出されるようにもれた声に合わせ、背中が跳ねる。気持ちよさよりも刺激に負けて、綾瀬は堪えきれず射精していた。

「い……、っ…あ……」

衝撃に、信じられない深さまで狩納が進む。深さにすれば、それはほんのわずかなものだったかもしれない。だが綾瀬には、狩納の肉が喉元にまで届くかのように思われた。

「…あ、あ…、は、はぁ……」

息なのか声なのか、もう解らない。

自分一人で迎える射精とは、なにもかもが違う。

当たり前だ。こんなにも近くに、狩納の体が、熱が、匂いがあった。

腹を一杯に埋める狩納の性器は、太くて熱い。その圧倒的な質量も、汗が混ざり合う距離も、綾瀬を困惑させ、怯えさせる。しかし一人で声を殺した、あの虚しさとは比べようがなかった。

頭が芯から、煮えてしまいそうだ。

「…っ……」

泣き声を上げて遮二無二《しゃにむに》しがみつく綾瀬を支え、狩納もまた奥歯を噛んだ。狩納を呑み込んだ入り口が、竦むように収縮していた。

「……たかが四日なのによ」

ゆっくりと肩の力をほどき、狩納が笑う。

その声に含まれる卑猥《ひわい》な粘つきに、綾瀬は足の指を巻き込んだ。

「……ぁ…」

与えられる全てが、狩納のものだ。

去りきらない射精の衝撃が、まだ不規則に狩納の肉を締め上げている。

「やべぇな、……すぐ、達っちまいそうだぜ」

どこまで、本気なのか。喉に絡む声で笑われ、やわらかくなった性器から、とろりと白い残滓《ざんし》があふれた。

「あ……」

「お前も、沢山達かせてやるぜ?」

笑った狩納の掌が、精液にまみれた綾瀬の性器を掬い上げる。

「…ぅ…、あ…」

射精直後の先端を撫でられ、充血する部分がぴくんと跳ねた。じわりと甘い痺れが性器だけでなく、太腿にまで広がる。

たまらない性感に悶《もだ》えた膝が、冷たいなにかに触れた。

体の脇に投げ出された、狩納の右手だ。

ひんやりとした包帯に巻き取られた腕に、綾瀬は息を詰めた。

「…っ……」

狩納もまた、ほぼ同じ間合いで奥歯を嚙む。

ぴったりと狩納の性器を呑む肉が、腹が重くなるほど竦んだ。

「…加減しろ。んな早く、腹んなかにぶちまけて欲しいのか?」

卑猥な揶揄口を叩かれても、首を横に振ることしかできない。膝を退けようと焦ると、体が揺れ、腹のなかの肉が腸壁をこすった。

「ひ…っ……」

「大丈夫だ」

狩納の掌がべったりとぬれた尻から、腰を撫で上げる。体が倒れて、剝き出しの胸と狩納の胸板とが密着した。

「……は、…ぁ……、あ…、腕……」

首を振り訴える綾瀬の目元を、狩納が唇で吸う。こんな恥ずかしい形で体を擦り合わせているのに、まるで日常の仕種のような、軽い動きだった。

「すぐよくなる」

確信に満ちた声が、直接耳殻へ注がれる。

綾瀬の胸の内など、全て見透かしている声だ。

そんな保証が、どこにあるというのか。ただの口約束にすぎない言葉にさえ、綾瀬はじわりと潤みそうになる自らの涙腺《るいせん》を意識した。

「そんな……こと……」

呻いた声が、子供っぽく歪む。

「絶対だ。大した怪我じゃねえって言ったろ」

嘘だ。

あんな重い鉄材が崩れ、入院を余儀《よぎ》なくされるほどの事故だったのだ。

「……ぅ……」

まだシャツを羽織る狩納の胸に額を押しつけ、闇雲に首を振る。全身で否定しながら、それでも男の言葉に安堵する胸の内が恐ろしかった。

信じて、しまいたくなる。

この男なら本当に、どんな恐ろしい怪我さえものともしないと。あの白い閉塞の病室から、なに一つ欠けることなく戻ってくれる、と。

「心配すんな。置いていきゃしねえ」

ひくりと、自分の喉が上げた、高く情けない音を聞く。

強くなりたいと、そう思ったはずだ。いつか訪れる別れに怯え、今という瞬間を手放さずにすむように。

だが、まだ足りない。

自分を掬い上げるのも、与えてくれるのも、この男だ。

「綾瀬…?」

肩に縋っていた綾瀬の指が、狩納の首を求める。腕を、体を、精一杯狩納へ近づけようと、綾瀬は身動いだ。

「…ぅ…、あ…」

両腕で、深く狩納の首を抱く。

狩納の汗と、髪と、そして煙草の苦い香りが、濃密に体を包んだ。同時に、ぬれた肉の輪のなかで、狩納の性器が動く。

びくつく体の反応を止められず、綾瀬は狩納の肩口へ唇を押しつけた。

「…お…れ…、狩納…さんが、いなくて…、それで………」

切れ切れにもらし、縋る指に力を込める。

ぶつかるように抱きついた綾瀬を、狩納は瞬間、驚きを込めて見下ろした。包帯に包まれた腕が持ち上がり、思わずといった動きで細い腰を抱きかける。

しかしすぐに己の仕種に気づいてか、狩納が口のなかで舌打ちをした。

「だから、寂しかったんだろ?」

吐き出された声が、汗でしめった綾瀬の髪の生え際を舐める。甘やかす響きにさえ心が騒いで、綾瀬は萎《な》えそうな腕で懸命に男を抱いた。

「俺……」

告白はやはり、言葉にならない。言葉にできる、ことでもなかった。

生理的欲求は、狩納の不在の恐怖に比べれば問題ではない。むしろその恐怖が、自分をあんな愚挙《ぐきょ》に駆り立てたのか。

狩納の手管《てくだ》しか知らない肉体は、当然のように男がくれる刺激を思い浮かべる。それを生理的な現象だと、割り切れないのは綾瀬の感情だ。

狩納に、会いたかった。

寂しかった。

今はもう届かない肉親ではなく、狩納に、帰ってきて欲しかった。

それは他の、何者でもない。今ここにいてくれる、狩納だ。

「俺も、そうだぜ?」

囁きの終わりが、額への口吻けに変わる。

唇は、笑っていた。

瞬かせた視界に映るのは、悪戯なほど衒《てら》いのない笑みだ。

「長すぎるな、四日でも」

打ち明け話に声をひそめ、狩納が片方の腕だけで綾瀬の腰を揺する。

「……あっ……」

高い声を上げ、綾瀬は振り落とされまいと二本の腕に力を込めた。

ぬる、と押し出され、尻の間から狩納の性器が半ばまで抜ける。自分の内臓も、狩納の性器も同じくらい熱くて、背筋を甘い寒気が走った。

「…狩……、ぁ…」

細い声を褒めるように、狩納が鳥肌の浮いた腰骨を撫でる。ゆっくりと回す動きで、狩納が腰を使った。

「ぅ…、っ……ぁ、は…っ……」

「一人にさせたり、しねぇから」

耳殻に注がれる声の響きは、やさしい。

左腕一本でも、狩納はなんの不安もなく綾瀬を支えた。狩納が腰を突き出すと、ぐちゅ、とぬれた直腸の奥で、空気が潰れる。いやらしくて耐え難い音だが、両手は狩納に縋るばかりで耳を塞ぐこともできない。

「…本…当……に…?」

啜り泣く音の合間に、無為《むい》な問いがこぼれる。

肉体的な寂しさを指す言葉でないことは、綾瀬にも解った。

「本当だ」

にやりと、狩納が笑う。

言葉もなく、綾瀬は頷いた。

「簡単に、壊れやしねえ」

低められた声が、綾瀬の息遣いと混ざって掠れる。

性器の張り出した部分に内壁を掻かれ、綾瀬は喉を反らせた。下から突き上げ、はぐらかすように腰を引く狩納を追い、綾瀬の腰もまたぎこちなく揺れた。入り口に近い、敏感な場所を擦りつけようとするのを、狩納が腰骨を撫でて制する。

「ぁっ……」

口元を歪めた狩納が、綾瀬の腹に視線を落とした。充血した性器は再び勃ち上がり、重たげに蜜をしたたらせている。

先端を吸いたそうに、狩納が舌先で自分の唇を舐めた。

ぬれた赤い色に、目眩《めまい》がする。

「お前こそ、簡単に壊れるんじゃねえぞ」

囁いた唇が、乾ききった綾瀬の唇を塞いだ。

腹のなかで、狩納の熱が膨れる。突き破られる恐怖を感じながらも、綾瀬は声を上げて射精した。


前触れなく、金属製の扉が開く。

冬の大気を遮《さえぎ》り、狩納の長身が事務所の扉をくぐった。

「お帰りなさいませ」

電話を終えた従業員が、頭を下げる。

「なにか連絡はあったか」

肩に羽織っていただけのコートを、狩納が左腕で外した。給湯室で作業をしていた綾瀬が、小走りに駆け寄る。

「金森《かなもり》様と、木村《きむら》様からファックスが入っていました。机の上にあります」

久芳の返答に頷いた狩納から、綾瀬はコートを受け取った。

狩納はコートは勿論、スーツの上着にも袖を通していない。見るからに仕立てのよい焦げ茶色のスーツが、狩納の動きに合わせ颯爽と翻った。

「コーヒーでいいですか?」

尋ねた綾瀬に、狩納がもう一度頷く。あたたかなコーヒーを器《カップ》に注ぎ、綾瀬は社長室の扉を合図《ノック》した。

「入れ」

淀みのない声音に、厚い扉を開く。

事務所よりやや高い温度に設定された室温が、綾瀬を包んだ。スーツの上着を椅子へ投げた狩納が、立ったまま書類を手にしている。

白いシャツは、スーツと同様に生地に艶《つや》があり、その質のよさを感じさせた。左手で書類をつまむ狩納は、いつもとなんら変化がないように見える。

実際右手を包む包帯を目の当たりにしていても、男はその事実を忘れさせるほど活力に満ちていた。

「やっぱり吊ってた方がいいんじゃないですか、腕」

机に器を置き、綾瀬が心配そうに口にする。

怪我を負って半月になるが、狩納は退院した翌日から、固定帯を外していた。

「しつこいやつだなァ。大体、このギプスが大袈裟なんだ」

煩わしそうに、狩納が右腕を一瞥《いちべつ》する。

狩納の入院以前と、それ以後を分けるのは、唯一このギプスの存在だけだ。驚異的な話だが、狩納は右腕を折って尚、以前と変わらない生活を平然と続けた。勿論、風呂を使う際など、不自由は多々ある。そうした諸々《もろもろ》は、綾瀬がビニールを巻くなどして、過保護なまでに支えた。

「そんなこと……」

まるで自らの体が痛むかのように、綾瀬が瞳を歪める。

今となっては、狩納のギプスを前にこんな表情をするのは、綾瀬一人だ。従業員も、事故直後を知る染矢でさえ、あれは幻だったのではないか、と疑い始めている。頑丈なギプスに見せかけて、その下には折れた骨より余程物騒なものが、仕込まれているのではないか、と。

実際、あんな事故に見舞われたとは思えないほど、狩納の回復は目覚ましかった。

「明日は出かけるぞ。用意しとけ」

「あ、病院ですよね、解りました」

机に置かれたカレンダーを確かめ、綾瀬が声を固くする。カレンダーの残りの日付も、今年はあとわずかだ。

「そいつはどっちだって構わねぇがよ。大学の…キャンドルサービスだったか？　そいつはなくなったんだろ」

当たり前のように口にされ、綾瀬が顔を上げる。

狩納が言う通り、大学でクリスマスイブに予定されていたキャンドルサービスは、イルミネーションの点灯と共に見送りになった。あのような事故があったのだから、仕方あるまい。樅の木の装飾だけは二十五日まで残されるため、翌日に綾瀬たち桜会が撤収《てっしゅう》する予定だった。

「飯食うくらいの時間しかねぇだろうけどよ。お前、なんか欲しいもんとかねぇのかよ」

欲しいもの。

尋ねられ、綾瀬は素直に首を傾げた。

「大掃除ももうほとんど終わってますし、お正月の準備でいるものは……」

「違《ちげ》ぇだろ。お前、本当に期待してねぇな」

指先でカレンダーを叩かれ、綾瀬は改めて手のなかのそれを見た。

今日は十二月二十三日。明日は二十四日だ。

「……もしかして…」

大学のそれは中止になってしまったが、街は華やかなクリスマスの彩りであふれている。しかし狩納は事務所にもマンションにも、ツリーどころかリース一つ、飾っているわけでもない。

そのことを、綾瀬は不満に思うどころか、気にしてさえいなかった。綾瀬自身、祖母と死別して以来、クリスマスを特別なものとしてすごす機会がなかったのだ。

「別にクリスマスじゃなきゃならねぇ必要もねぇけどよ。欲しいもんあれば、言えよ」

溜め息をついた男の腕が伸び、綾瀬の手首を摑む。カレンダーを落としそうになり慌てると、左腕一本で易々と引き寄せられた。

「ほ、欲しいものなんて…そんな……」

口にして、いつか胸を過った苦い願いが蘇る。

結局、母親はクリスマスにも綾瀬の元へ帰らなかった。いい子でなかった綾瀬へは、サンタクロースはご褒美《ほうび》をくれなかったのだ。

自責の念と、すぎたわがままとが、幼い綾瀬を押し潰した。あの頃も今も、浮き立つ街の雰囲気は嫌いではない。むしろ好きなくらいだが、それはどこか自分とは無関係の世界の出来事でしかなかった。

「じゃあ、今晩中に考えとけ」

「あ…でも、俺……」

「いらねぇってのはなしだぜ。それと綾瀬、俺、一つ気になってたことがあったんだけどよ」

綾瀬の言葉を封じ、狩納が捕らえた腕を握り直す。

「な、なんですか…?」

「俺が病院から電話した時、なんか言いかけてただろ、お前」

狩納の口調には、淀みがない。すぐになんのことか、綾瀬には判断がつかなかった。正直、狩納が入院していた期間のことなど、思い出すのも怖い。また思い返したところで、記憶が曖昧《あいまい》な部分も多かった。

「電話…、ですか」

声に出して、はっとする。

狩納の入院のみならず、木内に口吻けされ、動転していた最中《さなか》のことだ。電話を切った後、自慰にまで及んでしまった夜でもある。

電話口で言葉に詰まった詳細に思い至り、綾瀬はさっと顔を青くした。

「……べ、別に…なにも……」

声が、あからさまに上擦る。

木内との一件は、絶対に告白することはできない。先週も、綾瀬は木内と連れ立って桜会へ顔を出した。

自分に対する木内の態度は、以前となんら変わりない。だが視線や、言葉の一つ一つに、木内の深い思い遣りを感じた。親密さは、確かに増している。だがそれはお互いの秘密の共有に因るものでなく、心を開いて、一歩を踏み込んだ成果だった。

「へえ」

全く信用していない口振りで、狩納が頷く。

「俺がマンションへ戻った夜も、お前なんか言いたそうだったが……。全部、俺の気のせいか？」

真っ直ぐに覗き込まれ、ぐっと喉の奥で息が詰まった。

狩納の膝に抱かれ、熱に浮かされるまま口走りそうになった告白が、脳裏に蘇る。寸前のところで飲み込んだ言葉は、夜が明ければ到底素面《しらふ》で切り出せるようなことではない。

今となっては、木内の件と同様、沈黙を守るしかないと綾瀬は固く心に決めていた。

「き、気のせいですよ！」

強く断言した綾瀬に、狩納がすい、と双眸を細める。渇ききった口腔で、綾瀬は喘ぐように唾液を呑み込んだ。

「そうか。そりゃよかった。そうじゃねえと困るよなァ。四日間家空けただけで、んなに寂しがらせちまったんじゃ、おちおち出張にも出られねえもんな」

狩納に腕を引かれると、操られるように互いの体が近くなる。

「出張…ですか？」

「例えばの話だ」

それより、と狩納が声をひそめた。

「寂しがらせるのもかわいそうだけどよ、一人じゃ色々我慢できねぇ状態になっちまうとしたら、そっちの方がかわいそうな話だもんなァ」

覗き込む男の眼が、にやりと笑う。

全てを見透かすその笑みに、綾瀬は再び血の気が下がるのを感じた。

「……え…?」

喉の奥に、声が引っかかる。

狩納は、なにを言っているのだ。

狩納がいなくて寂しかったと、確かに綾瀬は告白した。それは真実であり、わがままだと解っていても、繰り返してしまった言葉だ。

しかしその寂しさ故に、自分がいかに恥辱的な行為に及んだのかは別の問題だった。

「我慢、できなかったんだろ？　あん時」

捕らえた綾瀬の指先を、狩納が口元へ引き上げる。確信に満ちた狩納の息が触れ、指先がぴくん、と跳ねた。

「な、な、な、な、な……」

なにを、知っているのか。

いや。何故、知っているのか。

あまりの出来事に、ぱくぱくと、声が出せないままに口が動く。

「な、な……なんで……、カ、カメラ……？」

快感に巻かれた自分の不確かな言葉が、男に全てを気取《けど》らせたとは思えない。

しかしソファで恥ずべき行為に耽った際、部屋には間違いなく自分一人しかいなかった。電話の電源も切れていたし、汚れたごみも、ソファの痕跡も、入念に消したはずだ。

では、何故。まさか部屋のどこかに、自分を監視するカメラでも仕込まれているのだろうか。外出を禁じられた綾瀬は、マンションで暮らし始めた当初も、その存在を疑った。しかしそうした監視装置が、マンションに設置している気配はなかった。

だが最近になって、こっそりと取りつけていても不思議はない。

動転した綾瀬を、狩納がにやつく眼で眺めた。

「カメラか。カメラに写ると、どうまずいんだ」

「…ど、どういう……」

「我慢ができずに、綾瀬君はカメラに写るとまずい、どんなことをしたのかな？」

慇懃《いんぎん》な口調を作る狩納の声は、にやついて耳に届いた。

そこで初めて、自分が陥ちた罠《わな》に気づく。

「か……っ、狩納さん、な……、う、嘘…！」

「嘘なんかついてねえだろ。我慢できなかったんだろって、聞いただけじゃねえか」

誘導尋問《ゆうどうじんもん》に、引っかかったのだ。

悟っても、すでに遅い。

「放……」

腕を振り払い、逃げようとすると狩納が呻いた。振り回した指先が、ぶつかったのだ。

「…っ…」

「か、狩納さん！」

悲鳴を上げた綾瀬の肩を、素早く狩納の腕が巻き取る。シャツしか身に着けていない狩納の胸板と、綾瀬の肩とが密着した。

「狩……」

振り払えない力の強さに、声も出ない。

「なにしたのか、じっくり聞かせてもらわねえと、なあ」

硬直した耳元で囁く声は、本気そのものだ。

「な、なんにもしてません！」

「そうか、じゃあ、どうして男とセックスすんのも悪くねぇって思うようになったのか、そのへんの経緯《いきさつ》を説明してもらうとするか」

狩納の言葉は、およそ明るい部屋にはそぐわない。冷水を浴びせられたような衝撃に、綾瀬は懸命になって首を横に振った。

「そ、それは……」

「どっちから説明すんのがいい、綾瀬。…丁度《ちょうど》いいな、俺へのクリスマスプレゼント、それでどうだ」

がっちりと肩を抱いた狩納が、気楽な仕種で二の腕を撫でる。

クリスマスプレゼント。

確かに狩納へ贈れるものなら、そうしたい。無論、こんなものではなく。

考えてみれば、綾瀬はすでに狩納から、その特別な贈り物を受け取っているのだ。

自分は今だって、決していい子ではない。それでも狩納は、目の前にいてくれた。

「あの、俺……！」

覚悟を決めて、抗議の声を上げる。うっすらと潤み始めた綾瀬の瞳を笑い、狩納の唇が音を立て、その目元を吸った。

「…っ…」

「なんなら、実演でもいいんだぜ？」

ひそめた声は、完全に笑っている。

「え、遠慮します！」

ぺろり、と頬骨を舌で辿られ、綾瀬は泣き出しそうな声を絞った。

辞められない…。

エンジンの微《かす》かな振動が、ハンドルを握る掌《てのひら》へ響く。

通りの向こうを確認し、久芳誉《くばほまれ》はゆっくりとアクセルを踏み込んだ。ちらりと覗《のぞ》いたバックミラーに、表情のない自分の双眸《そうぼう》が映る。

彫りが深いものの、感情の変化に乏《とぼ》しいせいか、久芳の容貌《ようぼう》は淡泊《たんぱく》な印象が強い。薄い唇を引き結び、久芳は冴えた視線で夜の街を見回した。

瀟洒《しょうしゃ》な飲食店が建ち並ぶ通りを、静かに横切る。音もなく車を滑らせ、久芳は目的の店の前で止まった。

インドの古語で眼を意味する、アクシという文字が、大理石を模した白い壁に浮かび上がる。

数人の男たちが守る入り口から、見上げるほど長身な男が姿を現した。

久芳の雇用主《こようぬし》である、狩納北《かのうそむく》だ。

均整のとれた逞《たくま》しい肩の広さと、冷たく研《と》ぎ澄まされた双眸の色は、見る者を圧倒する力強さに満ちている。黒いシーツに包まれた荷物を、両腕でしっかりと抱える男のため、久芳は素早く路上へ降りた。

車へ乗り込もうとする狩納の動きを、店の戸口に立つ男たちが凝視《ぎょうし》している。その視線は、決して好意的なものではない。

いつ何時、男たちが狩納の背中へ襲いかかってくるか。

ぴりぴりと皮膚を脅《おびや》かす危惧《きぐ》に神経を張り詰めさせ、久芳は後部座席の扉を開いた。

久芳へ一瞥《いちべつ》を投げることもなく、狩納が車へと乗り込む。見慣れている久芳でさえ、眼の前を通りすぎる瞬間には、首筋が寒くなる威圧感が狩納にはあった。

淀みのない狩納の挙動は、何物にも臆することがない。

扉を閉じ、久芳もまた運転席へと戻った。スーツ姿の男たちの視線は、まだ自分たちを追っている。男たちを視線に捉えながら、久芳はゆっくりとアクセルを踏み込んだ。

行き先を確認するため、狩納へと声をかけようとして、言葉を呑み込む。

狩納の膝《ひざ》の上に乗せられたものが、華奢《きゃしゃ》な人影であることに、久芳はこの時初めて気がついた。

黒いビロードの奥から、透けるように白い肌が窺《のぞ》いている。

明るい栗色の髪に守られた横顔は、まだあどけない少女のようだ。しかし久芳の眼を惹《ひ》きつけたのは、そんな少女の美貌だけではない。

小柄な体を、大切に抱える狩納の表情にこそ、久芳は純粋な驚きを覚えていた。

常に研ぎ澄まされ、甘えを許さない男の眼光とは、まるで違う。やさしいとさえ思える、やわらかな眼差しで、狩納は腕に抱えたその寝顔を見下ろしていた。

長く焦《こ》がれた幸福の形を、ようやく手に入れた。そんな喜びに満ちた狩納の双眸から、意図的に視

辞められない…。

線を逸《そ》らす。

行き先を尋ねることなく、久芳は狩納の自宅を目指しハンドルを切った。


「御託《ごたく》はいいから、金を出せってんだ！」

叫んだ中年の男が、背の高い花瓶を振り上げる。

活けられたトルコ桔梗《ききょう》ごと、花瓶の中味が勢いよく宙を飛んだ。

ぶちまけられた水でスーツが汚れるのにも構わず、骨張った指が男の腕を摑み取る。

重い飛沫《しぶき》が、頬を打った。

背後で、声にならない悲鳴が上がる。

「この野郎、放せっ」

怒鳴った男の腕を、久芳はぎりぎりと締め上げた。

頭から水を浴びせられながらも、無感動に静まり返る久芳の双眸に、男の顔面から血の気が引いてゆく。

「これ以上騒ぐつもりでしたら、警察へ通報《つうほう》しますがよろしいですか？」

男の腕を摑んだまま、久芳は静かな声で尋ねた。

辞められない…。


明るい灰色の絨毯《じゅうたん》が敷かれた事務所のなか、暴れる男を幾《いく》つもの視線が注視する。

「う、うるせえ！」

上擦《うわず》った声で叫んだ男に、久芳は内心辟易《へきえき》と溜め息をもらした。

自《みずか》らの警告が無視されたと判断し、靴先で男の右足を無造作に払う。

「うぁ…っ」

悲鳴を上げ、無様《ぶざま》に床へ落ちた男の背を、久芳は慣れた動きで押さえつけた。

「他のお客様のご迷惑になりますから、お引き取り下さい」

後ろ手に男の腕を捻《ひね》り上げ、久芳が平淡な声音で告げる。

痛みに脂汗を浮かべ、中年の男は何度も頷《うなず》いた。今にも泣き出しそうに歪《ゆが》んだ男の容貌に、唾棄《だき》してやりたい衝動が込み上げる。

実際ここが事務所でなかったら、こんな丁寧《ていねい》な方法で取り押さえたりはしなかっただろう。

「今度こうした騒ぎを起こしたら、すぐさま警察へ通報しますのでそのおつもりで」

冷ややかに重ね、久芳は男の体を事務所の外へと追い遣《や》った。

久芳の手から逃れた男が、転がるように通路を逃げてゆく。実際警察に通報してもよかったが、この程度の手合いなら二度と事務所へ近づくことはあるまい。

脱兎《だっと》のごとく去ってゆく男の後ろ姿に眉間《みけん》を歪め、久芳は事務所の扉を閉じた。

「く、久芳さん、大丈夫でしたか…？」

弾《はじ》かれたように、小柄な体が久芳目がけ駆けてくる。

「綾瀬《あやせ》さんこそ、お怪我はありませんか」

尋ね返した自分の影が、心配気に見開かれた綾瀬雪弥《ゆきや》の瞳に映った。

頭から水をしたたらせる久芳の様子に、綾瀬が痛々しく瞳を歪める。

あの日、狩納がアクシという非合法の賭場で落札《らくさつ》したのは、少女ではなく、やさしい容貌をした少年だった。

その事実を知った時の衝撃は、今でも忘れられない。

決して女性に不自由しない狩納が、ある晩突然、同性の愛人をマンションに囲い始めたのだ。

飽食《ほうしょく》のあまり、とんでもない悪食《あくじき》へと傾いてしまったのだろうか。

そんな心配までした久芳だが、実際綾瀬を眼にし、奇妙な納得を覚えてしまった。

男としては稀有《けう》なほど、繊細に整った綾瀬の容貌が、痛みにも似た色に曇る。

「すぐ、タオル持って来ます。スーツも吊しておきますから」

スーツを脱ぐため、手を貸そうとしてくれる綾瀬を断り、久芳は事務所の奥にある更衣室へ眼を向けた。

「大丈夫です。ロッカーに予備がありますから。着替えてきます」

取り乱す綾瀬へ、久芳が丁寧に応《こた》える。機械的な受け応えが多い久芳だが、綾瀬へ向ける声は男の意図以上に穏やかなものだ。

それは初めて、綾瀬を紹介された時から変わることがない。

綾瀬がこの事務所でアルバイトを始め、早いもので二週間が経《た》っていた。更《さら》には、綾瀬が狩納に連れられ、マンションへと移り住み、二カ月以上がすぎようとしている。

自己主張の薄い美貌同様、綾瀬はおっとりとして口数も少ない。久芳たち従業員の邪魔にならないよう、懸命《けんめい》に働く姿を見ていると、用件のみを告げ、突き放してしまうことが不憫《ふびん》に思えてくる。

いかに彼が狩納の口利きで職場へ入ってきた立場とはいえ、普段の久芳ならば決して、そこまで気を遣ったりはしない。

綾瀬に一礼し、久芳はぬれた体のまま更衣室へと足を向けた。ロッカーとパイプ椅子《いす》が置かれている以外、飾り気のない狭い部屋だ。

左側のロッカーを開き、久芳はネクタイを解《ほど》いた。

綾瀬へ触れた指先に、不思議と疼《うず》く錯覚が残る。

如何《いか》に綾瀬がうつくしい容姿の主だとしても、彼は自分と同じ男だ。

それだけではなく、彼は自らの雇用主の愛人でもあった。

愛人。

その言葉を意識するたび、何故《なぜ》か胸に重苦しい吐息《といき》が満ちる。

楚々《そそ》とした綾瀬の容貌に、愛人などという言葉はあまりにも不似合いだった。しかし従兄《いとこ》の借金《しゃっきん》の形《カタ》に競売《きょうばい》にかけられ、狩納によって落札された綾瀬の立場は、愛人と言う以外にはない。

辞められない…。

重い溜め息を絞り、久芳はロッカーにかけられた新しいスーツを取り出した。

鉄製のロッカーには、簡単な私物と共に着替えが収められている。今日のような事故や、あるいは帰宅できず、事務所で夜明かしすることもあるため、常備しているものだ。

スーツの上着を脱いだ久芳の耳に、更衣室の扉を合図《ノック》する音が響く。振り返ると、やわらかそうなタオルを抱えた綾瀬が、心配顔で立っていた。

「タオル、持って来たんで、使って下さい」

驚く久芳へ、一枚のタオルを選んだ綾瀬が腕を伸ばす。少しだけ爪先《つまさき》立ちになり、伸び上がって髪を拭《ぬぐ》われ、久芳は双眸を見開いた。

懸命な顔をして久芳の髪を拭う綾瀬から、微かに石鹸《せっけん》の香りが漂う。

内心ぎくりとしながら、久芳は細い体を遠ざけることもできず、間近に迫った瞳を見下ろした。

真摯《しんし》な綾瀬の瞳は、砂糖を煮詰めたような甘い色をしている。

詳しい事情は知らないが、混血《ハーフ》だった母親の血を、綾瀬は強く受け継いでいるらしい。陽光に透けると、触れてみたくなるほどにやわらかく光る髪といい、彼の容姿は明らかに色素が薄かった。

知らず綾瀬の容姿に見入っていた久芳の耳へ、不意にこつこつと、扉を叩く音が響く。

肩をふるわせ振り返ると、更衣室の戸口へ見上げるほどの長身がもたれていた。

いつからそこに立っていたのだろう。

開いた扉に肩を預け、狩納がじっと二人を注視していた。

久芳が身構えるよりも早く、狩納がのっそりと体を起こす。

この三年の間、ほぼ毎日のように眼にしているにも拘わらず、久芳は呑まれるように男の体軀《たいく》を見上げた。不用意に眼を逸らしたならば、次の瞬間容赦のない切っ先で喉元《のど》を抉《えぐ》られるのではないか。そんな暴力的な予感が、逞しい狩納の体軀には満ちていた。

「騒ぎがあったらしいな」

低い狩納の声に、久芳が冷静に頷く。

「融資を受けられなかった客が、花瓶を振り回して暴れただけです」

報告しながらも、久芳は男の声音に、特別不機嫌な響きのないことに、ほっとしていた。

こんな至近距離で、綾瀬に世話を焼かれていた自分を、狩納は快《こころよ》く思わないかもしれない。なにより、綾瀬に世話を焼かれ、決して嫌ではなかった自分の心の内を、見透かされたのではないか。そんな久芳の不安を、狩納の横顔は否定した。

「すぐに、花瓶を片づけます」

ぬれた体のまま、客の出入りがある事務所をうろつくわけにはいかない。水のしたたるシャツを脱ごうとした久芳へ、狩納は事務所を顎《あご》で示した。

「もう久芳がやってる。気にするな」

狩納の言う久芳とは、双子の弟である久芳操《みさお》だ。

まるで鏡を覗いたように、容貌の酷似《こくじ》した弟もまた、この帝都金融《ていときんゆう》へ勤務していた。今は髪の分け方までもが同じため、実の親でさえも瞬時に二人を判別することは難しい。

そのため、狩納は彼ら兄弟を個別に呼び分けず、久芳と呼んだ。久芳たち自身、姓で呼ばれることに慣れているため、どちらが呼ばれたものであれ、返事をする習慣がついていた。

「私の判断で、警察は呼ばずに帰しましたがよろしかったですか」

尋ねた久芳に、狩納が浅く頷く。機嫌のよい動きで、狩納が取り出した煙草《たばこ》を唇に挟んだ。

「構わねえ。大事がなくてなによりだ」

真っ直ぐに双眸を覗き込まれ、久芳が恐縮《きょうしゅく》して頭を下げる。

年齢の殆《ほとん》ど変わらないこの雇用主に労《ねぎら》われる時ほど、誇らしさと緊張を覚える瞬間はない。

堂々とした体軀も、容赦のない仕事への手腕も、男であれば必ず憧れずにはいられない力が、狩納には漲《みなぎ》っている。

「久芳さん、あたたかいお茶、飲まれます？」

いつの間にか給湯室から戻った綾瀬が、そっとあたたかな湯飲みを差し出した。久芳を気遣い、細々《こまごま》と動き回る綾瀬を、戸口に立つ狩納が視線だけで追っている。

「…あの、こんな時に失礼だとは思うんですが…、実は俺、お聞きしたかったんです」

盆を手にした綾瀬に切り出され、久芳は視線を止めた。

「久芳さんたちって、ここへお勤めになる前は、どんなお仕事をしていらしたんです？」

邪気のない綾瀬の問いに、久芳がわずかに息を詰める。

「どうした、綾瀬。急に」

尋ねた狩納へ、久芳のスーツを吊した綾瀬が、明るい色の瞳を巡らせた。

「どんな理由で、この事務所に勤め始めたのかなって思って。ずっとお聞きしたかったんです」

真剣な綾瀬の口振りに、久芳が返答に窮《きゅう》する。

しかし内心の動揺をおくびにも出さず、久芳は乾いたシャツへと袖を通した。

煙草に火を入れないまま、狩納は薄笑いを浮かべ久芳の横顔を眺めている。綾瀬の問いに、早く応えてやれと、まるでそう言われているように思え、久芳は唇を引き結んだ。

「…ぁ…。ごめんなさい。俺、立ち入ったこと、聞いちゃって…」

すぐに応えなかった久芳に、質問が悪かったと勘違いをしたのだろう。眉を垂《た》れた綾瀬が、慌《あわ》てて謝罪した。

「いえ、そういうことでは…」

咄嗟《とっさ》に否定し、久芳が薄い唇を舌でしめらせる。

「…私がこちらへ入社したのは…」

重い唇を開こうとした久芳の眼の前で、狩納が綾瀬の肩へ腕を伸ばした。

「お前も服、少しぬれてるな」

綾瀬の服に飛んだ飛沫を見咎《みとが》め、狩納が低い声を上げる。

綾瀬に被害がないよう、細心の注意を払ったつもりだったが、十分ではなかったということか。

辞められない…。

「大丈夫ですよ。これくらい。久芳さんが一番大変だったんですから」

事務所で暴れた男の様子が脳裏《のうり》に蘇《よみがえ》ったのか、綾瀬が再び瞳を曇らせる。

「事務所に押し入って暴れるなんて、本当に質《たち》の悪ぃ男だな」

肯定《こうてい》した狩納の言葉に、ネクタイを締めようとしていた久芳の手がびくりと止まった。

「そうですよ。あんな強盗みたいな真似《まね》…。でも…、最近、多いんでしょう?」

心配そうに眉をひそめ、綾瀬が久芳と狩納とを見比べた。

「そうらしいな。場当たり強盗や、車輛泥棒《しゃりょう》が増えてるって話だぜ」

ロッカーへ片づけようとしていたハンガーが、不意に久芳の指を離れ、床へ落ちる。

がしゃんと派手な音を上げたハンガーを、久芳は無表情のまま拾い上げた。

「すみません」

低く謝った久芳を、綾瀬が不思議そうに見る。

「今日の新聞にも載ってました。車輛の盗難って、本当に多いらしいですよ。大規模な窃盗団《せっとうだん》が活動してるんじゃないかって」

真面目な綾瀬の言葉に、久芳は内心強く唇を引き結んだ。

事実綾瀬が口にする車輛専門の窃盗団の話題は、久芳も新聞やテレビを通じ見聞きしている。

駐車中の車輛を盗むだけでなく、鉢合《はちあ》わせをした所有者に重傷を負わせるなど、手口の荒さが特徴らしい。綾瀬が心配するのも無理はなかった。

辞められない…。


「さっきの人だって、どんな事情があるにせよ、許されることじゃありませんよね。もし久芳さんが怪我でもしてたら…」

痛々しく眉を寄せた綾瀬の肩を、狩納が大きな掌で包み込む。

「全く許せねえ犯罪だよな」

常にない鷹揚《おうよう》さで、狩納は力を込めて綾瀬へと同調した。

「久芳さん、気をつけて下さいね。車とか盗まれるだけならともかく、怪我をしたら、なんにもならないんですから」

真摯《しんし》な瞳で気遣われ、なんと応えるべきか躊躇《ちゅうちょ》する。

そうだな、と笑った狩納の視線が、ちらりと久芳を見た。

やはり、狩納は自分の心の内など見透かしているのだろうか。わずかほども表情を変じることなく、久芳は胸の内で苦い声をもらした。

「で、久芳。なんの話だった？」

片づけを終えた事務所を振り返り、狩納が久芳を促《うなが》す。

中断させてしまった話題を、改めて切り出す気にもなれず、久芳はむっつりと唇を引き結んだ。

「……いえ、なんでもありません…」

不思議がる綾瀬を後目《しりめ》に、着替えを終えた久芳は、ぬるくなった茶を飲み下した。

暗い空の下、見上げた事務所の窓に、微かな光がある。

躊躇しながらも、久芳はエレベーターへ乗り込んだ。時刻はすでに午前零時をすぎている。

今日は自分以外、すでに事務所の人間は全員帰宅したはずだ。久芳自身、外回りを終えた後、本来なら直接自宅へ戻る予定だった。しかし今晩中に書類の準備を進めてしまおうと思い立ち、事務所へ足を向けたのだ。

このまま自宅へ帰っても、昼間の一件が思い出され、なかなか寝つけそうにない。

何故あの時、狩納の下で働くことになったその経緯《けいい》を、語れなかったのだろう。

無論、吹聴《ふいちょう》して回るような内容でもない。

しかし、自分の心のなかに、綾瀬相手だからこそ話したくないという思いが、全くなかったとは言い切れなかった。柄にもなく重い溜め息が、腹の底に沈んで溜まる。

唇を引き結び、エレベーターを降りると、久芳は事務所の扉を開いた。

出入り口側の照明が灯されている以外、事務所に明かりはない。人の気配もなく、きちんと施錠《せじょう》がなされていたということは、誰かが電気を消し忘れたのだろうか。

注意深く事務所を見回し、久芳は自らの机《デスク》へと歩み寄った。その足が、不意に止まる。

眉をひそめ、久芳は事務所の奥にある社長室の扉へ腕を伸ばした。

辞められない…。


軽く合図《ノック》をするが、返事はない。

慎重な動きで、久芳は把手《ノブ》に手をかけた。

鍵《かぎ》のかけられていない扉が、ゆっくりと開く。扉の動きに合わせ、社長室からこぼれた光が事務所の床へ長く伸びた。

「社……」

広い社長室のなか、悠然と立つ体軀を見つけ、久芳が唇を開きかける。しかし男への呼びかけを、久芳は最後まで口にすることができなかった。

社長室に残っていたのは、狩納一人ではない。

広い狩納の机へ投げ出されたのが、小柄な綾瀬の肢体であることはすぐに解った。

着衣を剝《む》かれ、無防備に晒《さら》された肌の白さに息が詰まる。

細い腰を狩納の掌に包み取られながら、綾瀬は机へうつぶせにしがみついていた。

その尻には、太い狩納の性器が深々と埋め込まれている。

「…ぁ…」

不思議なほど赤く色づいた綾瀬の唇から、甘く掠《かす》れた声がこぼれた。

彼はいまだ、扉を開いた久芳には気づいていない。きつく目を閉じ、為《な》す術《すべ》もなく体を投げ出す綾瀬の姿は、その幼さに反し恐ろしく扇情的《せんじょうてき》だった。

扉を、閉じなければならない。

理性が呟《つぶや》く声が聞こえたが、久芳は声を失い戸口へと立ちつくした。

狩納と綾瀬が、同性同士でありながら、肉体的な関係にあることは以前から解っていたことだ。

たかが、性交ではないか。

今更狩納のどんな私生活を見せられても驚かないだけの自信が、久芳にはあった。

否《いな》、あったつもりだ。

しかし実際目の前で行われる、同性間での性行為に、久芳は予想以上に自分が動揺しているのを知った。

汗ばんだ綾瀬の背中を辿《たど》り、狩納がちらりと、戸口に立つ久芳を一瞥する。仏頂面のまま、立ちつくす久芳に対し、狩納は悪びれた表情など微塵《みじん》も見せはしなかった。

「…ん…ぁ…」

大きな掌で喉元《のど》を撫でられ、心地好いのか綾瀬がぎこちなく腰を揺らす。

ちいさな綾瀬の尻は形がよく、ぴったりと男の性器を呑み込んでいるのが久芳の位置からもよく解った。繋がった狩納の視界には、自らの肉を包む綾瀬の粘膜の様子そのものが、生々しく映し出されていることだろう。

「狩…ぁ…、あ…」

脇腹を掴んだ狩納に、細い肢体を抱き上げられ、綾瀬が高い声を放った。

華奢な体を掬《すく》い上げた男が、体を繋げたまま器用に椅子へと腰を下ろす。

辞められない…。

「い……、は…ぁ…」

無慈悲《むじひ》な振動を真下から受け、綾瀬の頬をきれいな涙が伝った。繋がったまま腰を下ろした衝撃で、呑み込んだ狩納の性器が角度を変えたのだろう。硬直した綾瀬の首筋へ、狩納が宥《なだ》めるように唇を落とした。

「…くぁ…ぁ…、ふ…」

白い体を悶《もだ》えさせ、顎を反らせた綾瀬が苦しげに息を継ぐ。

男の上に腰を落として繋がれば、当然自らの体重を受け、より深く狩納の性器を呑み込まなければならない。ただでさえ細い体には、逞しい狩納の肉をくわえる行為自体が辛《つら》いはずだ。

綾瀬の息が落ちつくのを待ち、狩納の掌がゆっくりと薄い胸をさする。

性行為そのものより、むしろ久芳はそうした男の動きに息を呑んだ。

体を繋ぎ、個々の快楽を身勝手に追うのならば、相手を選ばず容易に為しえる。しかし綾瀬を見つめる、狩納の眼の色はどうだろう。

自分の快感のためだけに綾瀬の肉を使うのではなく、腕《かいな》に抱く肢体を男はこれ以上なく大切に扱った。

作業としてのセックスではなく、相手を甘やかす術を惜しまない狩納の手管《てくだ》に、同じ男としてどうしようもない気恥ずかしさが込み上げる。

「久芳」

唐突《とうとつ》に名を呼ばれ、久芳は文字通り心臓が迫《せ》り上がりそうな衝撃に息を呑んだ。

それは狩納の腕に抱かれた、綾瀬も同様だ。

綾瀬を見舞った驚きは、久芳とは比べようもなく大きかったに違いない。二人きりだと信じていた部屋に、侵入者がいた事実を突然突きつけられたのだ。

「……っ」

男の膝の上、息を詰めた綾瀬が壊れそうなほどに大きく瞳を見開く。涙の膜に霞《かす》み、朦朧《もうろう》としていた目が、怯《おび》えたように戸口を見た。

「丁度《ちょうど》よかったじゃねえか、綾瀬」

驚きのあまり、悲鳴さえ上げられずにいる綾瀬の耳元へ、狩納が囁《ささや》いた。猫でも撫でる手つきで喉元を撫で、硬直している綾瀬の内腿《うちもも》を辿る。

「や…ぁ…」

悲鳴を上げ、懸命に閉じ合わせようとする綾瀬の膝を、男の腕が両脇から摑み、割り拡げた。

「……い…やめ…っ」

無防備な姿勢を強《し》いられ、綾瀬が両手で下肢《かし》を隠そうと抗《あらが》う。まだ上半身に残されていたシャツの裾《すそ》を引き、性器や男を呑みこむ部分を覆《おお》おうとするのだが、その仕種《しぐさ》がかえって艶《あだ》めいて見えた。

「隠していいのか？」

ふるえる綾瀬の肩に口吻《くちづ》け、狩納が揶揄《やゆ》する。

「舐めて欲しかったんじゃねえのかよ」

薄い肩口に顎をかけ、男は意地悪く綾瀬の股間《こかん》を覗き込んだ。裾の短いシャツでは、全てを隠すことはできない。

健気に反り返った綾瀬の性器が、久芳の眼にも明らかになる。

ごくりと、自分の喉が微かに鳴る音を聞いた。

充血し、粘液をこぼす綾瀬の性器は、同じ男性のものとは思えないほど可憐な形をしている。まだ未熟な少年のさまが、予想だにしていなかった強さで久芳の視線を惹きつけた。

「久芳に手伝ってもらうか？」

甘い声で囁かれ、綾瀬が弾かれたように首を横に振る。

「どうしてだ」

綾瀬の反応が意外だと言いたげに、狩納がわざとらしく眉を吊り上げた。

「あんなに仲よさそうにしてたじゃねえか」

低く笑った男の視線が、綾瀬越しに久芳をも見る。

たったそれだけの視線にさえ、久芳は背中へ氷塊《ひょうかい》を押し当てられたような恐怖を覚えた。

やはり昼間自分を見た狩納の双眸には、冗談だけではすまされない不快の色があったのだ。

「や…ぁ、見…ない……で…」

細い声が、切れ切れに懇願する。

辞められない…。


「嫌か？　あいつに見られるのは」

甘いとも言える声で、狩納が綾瀬の耳朶《みみたぶ》をやさしく嚙んだ。

円を描くように喉をいじられ、綾瀬が子供のように何度も頷く。

「…ぁ……、いや……ぁ…」

舌足らずな声で繰り返す綾瀬に、狩納が満足そうに眼を細めた。

「仕方がねえ奴だな」

わざとらしい声音で囁き、狩納が久芳へと顎をしゃくる。

戻れと、そう言うのだ。

解ってはいたが、久芳はすぐには動くことができなかった。

「下がっていいって言ってんだぜ。久芳」

嫌味を含んだ声を投げられ、久芳がようやく背筋を正す。

自分は、綾瀬を嬲《なぶ》るための道具に使われたということか。胸のなかで繰り返すのだが、現実を受け止めきれない自分がいる。

「それとも、最後まで見学していきてぇのか？」

低く落とされた声の質に、不意に冷たい恐れが背筋を走った。声には笑うような機微《きび》が含まれていても、自分を見る狩納の双眸は決して笑ってはいない。

素早く背筋を伸ばし、深々と頭を下げる。

「………失礼しました」

腹の底から吐き出し、久芳は勢いよく踵《きびす》を返した。

ぎしりと、二人の体重を受けて椅子が軋《きし》む。同時に綾瀬が苦しげに息を詰める気配が背中へ触れた。

ずくりと、それまで堪《こら》えていた衝動が下腹へ流れ込む。

「そうだ。ちょっと待て」

把手を摑む直前、自らを呼び止めた狩納の声に、久芳はぎくりとした。

今振り返れば、綾瀬の媚態《びたい》に欲情する自らの反応を悟られてしまう。

息を詰め、怖々《こわごわ》と視線だけを巡らせた久芳へ、狩納が冴えた双眸を向ける。

「お前、兄と弟、どっちの方だ」

低い声で尋ねられ、冷たい汗が背筋を流れた。

スーツなどから、兄弟の別《べつ》を知ること自体は誰にでもできる。

しかしそれのどちらが兄であり、弟であるのか、細かく判別するのは、親でさえ難しかった。狩納が自分の名を言い当てられなくても、不思議はない。

喘ぐように息を吸い、久芳はわずかに返す言葉を迷わせた。

「……操、です」

応えた声が上擦らずにすんだのは、なけなしの意地だ。しかし咄嗟に弟の名を名乗った自分を、久芳は信じられずにいた。

そうか、とだけ応えた狩納に、能面《のうめん》のような顔で黙礼を返す。

どうやって把手を摑んだのかは、はっきりと覚えていない。重い音を立てて扉が閉じた途端、両足の膝から感覚が失せた。

分厚い社長室の扉に背中を預け、ずるずると床へ崩れ落ちる。

「…………本気かよ…」

低く唇のなかで呟いた自分の声が、遠くで聞こえた。

汗ばんだ綾瀬の肌の香りまでが蘇ってきそうで、大きな掌で口元を覆う。下腹へ漲る血潮が、痛いほどに張り詰めていた。

触れて確かめるまでもなく、股間が堅く勃起《ぼっき》しているのが解る。

行き場もなく隆起する自らの股間を見下ろし、久芳は茫然《ぼうぜん》とした眼のまま、洗面所を目指し立ち上がった。

風のない夜だった。

こんな夜は、ろくなことがない。

あの夜もそう思った。

辞められない…。

熱帯夜が続いた、三年前の夏の夜だ。

「兄ちゃん、やっぱやめよーぜ」

マンションの五階へと続く踊り場に座り込み、操が怠《だる》そうに返す。

「新宿《しんじゅく》なんて、俺らの陣地じゃねーんだしさ」

雑居ビルが建ち並ぶ新宿の空は、深夜をすぎたこの時間でもほの明るい。

髪を艶のない茶色に染め、カーゴパンツをだらしなく身に着けた操は、いまだ大学生のようにも見える。

大学を出て三カ月。定職につかないまま、日々街で退屈を潰す誉の髪もまた、弟と同じ枯葉のような茶色だった。自分と寸分違《すんぶんたが》わぬ弟の仏頂面を、なんの躊躇もなしに蹴り飛ばす。

「で…っ」

低く呻《うめ》き、操が冷たいコンクリートに尻を落とした。

気乗りしない弟を見下ろす誉の双眸には、侮蔑《ぶべつ》の色はあっても、同情の陰りはない。

顔も体格も、全てが酷似した双子だ。しかし厳密に比べるとすれば、兄の表情には、自尊心と計算の高さを示す冷たさがあった。

「うっせー。俺に口答えする気かよ」

抑揚《よくよう》のない兄の罵声《ばせい》に、弟がむっつりと唇を引き結ぶ。

しかし長年にわたる教育の成果か、弟は誉に対し、逆らうことをしなかった。反発することさえ面倒だと考えているのか、あるいは全くなにも考えていないのか。

実際この同じ顔をした弟がなにを考えているのか、誉にも把握はできない。しかし余計なことを考えることなく、自分の命令に従うよう躾《しつ》けてきた弟は、誉にとって便利な存在だった。

「…でも兄ちゃん、あいつ、絶対《ぜって》ぇ本職だぜ。あん時殺されなかっただけで、ラッキーだったんじゃねーの？」

もう一度、抑揚なく切り出され、鋭利な眼光で弟を見下ろす。

「てめえ、この俺にコケにされたままでいろってのか、ええ？」

「…つーか、もう十分だせーって。車パチるとこ見つかるなんて…」

低い弟の呟きに、誉はふるえるほどに堅く拳を握り締めた。冴えた怒りを浮かべる兄の双眸に、さすがに口がすぎたと悟り、操が唇を引き結ぶ。

これが弟でなければ、間違いなく半殺しにしていたところだ。

思い返すだけで、怒りの焔《ほむら》が喉元までをも焦がす。

自分の指先の器用さが、他人とは違う特別な技能だと気づいて以来、誉は自分に盗めない車などないと自負し生きてきた。

自分に盗まれる車は、決して不幸ではない。

身を飾る道具の一つとして、金さえ払えばなんでも買えると思っている愚《おろ》か者から、走るために生まれた車たちを解放してやるのだ。

辞められない…。

連れ出した車に乗り、限界までアスファルトの道を走る。

悲鳴のようなエンジンの音を奏《かな》でながら、性能の極限まで、車はハンドルを握る誉に応えた。

その、充実感。

まるで車を生き物のように愛《いと》しいと、そう感じる瞬間だ。

そんな自分がまさか、仕事の最中にしくじり、取り押さえられるとは。

しかも自分を捕まえたのは警察ではなく、盗み損《そこ》ねた車の持ち主だった。

「絶対ぇ吠《ほ》え面《づら》かかせてやる…」

吐き捨て、噛み締めた奥歯をぎりぎりと軋ませる。

操と自分を、立ち上がれなくなるまで殴った男は、腕の時計を覗き込み、約束の時間へ遅れると面倒だから、警察への通報は勘弁してやると抜かしたのだ。

自分を、取るに足らない存在でしかないと見下した男の眼が、脳裏にこびりついて離れない。

あの時自分たちを侮《あなど》り、警察へ突き出さなかったことを、絶対に後悔させてやる。

怒りに光る双眸を巡らせ、誉は上階の様子を窺った。

目的の部屋に、明かりはない。

先程確認したが、空調の室外機も動きを止めている。二人が調べた通り、部屋の主は翌朝までは帰宅しないはずだ。

「どうせ仕返しすんなら、もう一回車盗む程度でいーんじゃね？」

辞められない…。

事務所へ押し入るのはやばいって。

低く食い下がる弟へ、取り出したバールを投げる。

「車の方は最後の仕上げだ。それよりちゃんと見張ってろ」

言い捨て、誉は狭い階段を上った。

階段の右手と左手に、それぞれコンクリートの通路が伸びている。品のよい茶色に塗られた鉄の扉が、左右に三枚ずつ塡《はま》っていた。

住むための部屋というより、仕事の拠点としてこのマンションを借りる者が多いのだろう。生活感のない扉の幾つかには、事務所の看板《プレート》が掲《かか》げられていた。

通路に人の気配のないことを確認し、真っ直ぐに右手奥の扉へ向かう。まるで友人の家を訪ねる気軽さで扉の前に立ち、誉は掲げられた看板を見た。

なめらかな銀の看板に、帝都金融と刻まれている。

なにが帝都金融だ。

どうせ暴力団へ納める資金調達のため、奔走《ほんそう》させられている下働きのくせに。

湧き上がる罵声《ばせい》と怒りを腹に収め、誉は手術用手袋《メディカルグローブ》をはめた指で、携《たずさ》えた布包みから細い金具を取り出した。

今誉を見咎める者がいたとしても、それは財布から鍵を抜き出したようにしか映らないだろう。扉の外観が、下見の際と変化のないことを確認し、誉は銀色の鍵穴へと使い慣れた金具を差し込んだ。

部屋の主は用心深い男なのか、鍵は同じ階の他の扉に比べ、頑丈《がんじょう》なものに取り替えられている。それでも構わず、誉は指先で感じる微かな感触を頼りに力を込めた。湿気の多い夜の大気に、汗が滲《にじ》む。薄い唇をちらりと舐め、誉は人差し指で金具の先端を押し込んだ。

じっとりと掌が汗ばんだ頃、ようやく金属が外れる手応えが生まれる。どうにか鍵が外れた把手を握り、誉は薄く開いた扉から暗い室内を覗き込んだ。

密閉されていた部屋特有の、むっと籠《こも》った空気が流れる。扉に特別な仕掛けがないことを確認し、誉は通路を振り返った。

申し合わせたように階段を上ってきた操へ合図を投げ、事務所へと踏み込む。鍵の性能に煩《わずら》わされたとはいえ、それは誉が扉の前に立ってから、ほんの二分にも満たない間の出来事だった。

「金庫か?」

後に続き、扉をくぐった操が低い声で問う。

ブラインド越しにもれる街の光で、室内はものの輪郭《りんかく》がはっきりと見て取れた。目隠し代わりの観葉植物の向こうに、十五畳《じょう》ほどの部屋が広がる。

機能的な応接セットと、大型の机《デスク》、背の低い書類棚を仕切りにし、その奥にはコピー機やファックスなどが据えられていた。

「書類も持ち出せ」

兄の指示に、操がわずかに眉根を寄せる。

「さばけんのか。そんなもん」

誉は決して住居侵入を専門とする窃盗犯ではない。現金以外を持ち出しても、自分自身では直接それを金に換えることはできなかった。

無論、金に換える術はいくらでも知っている。しかし経験上、欲を出し、慣れない品物を扱うべきでないことも熟知していた。

「金にする必要はない」

自分に恥をかかせた男を、追い詰められればそれでいいのだ。

低い誉の声音に、弟が唇を引き結ぶ。硝子玉《ガラス》のような眼をした兄には、なにを言っても無駄だと、操は誰よりも理解しているのだ。

コピー機などの間を抜け、真っ直ぐに事務所の奥へと進む。戸口や客の目からは死角となるよう、書類棚で目隠しされた物入れの一つに目星をつけ、扉を開いた。

黒い頑丈そうな金庫が、物入れにぴったりと収まっている。

「こっちだ」

弟を呼び、誉は重そうな金庫の形状に眼を走らせた。

「三分で開かねえようなら、このまま運ぶ。それまでパソコンぶち壊して、持ち出す書類を準備しておけ」


辞められない…。

打ち合わせ通りの兄の指示に、操が暗がりのなかで頷く。

金庫の鍵はダイヤル式で、比較的困難な作りとは思われない。時間さえあれば確実に開くだろう。

手袋をはめた指を握り直したその時、薄暗い部屋のなかで大きな影が動いた。

「…っ」

自分たち兄弟の、影ではない。

息を呑み振り返った誉の視界に、ソファへ身を起こした男の姿が飛び込んだ。

「な…っ」

本能的に、出入り口までの距離を測《はか》る。しかし扉へ走るにはソファの脇を抜けなければならない。

眠っていたのか、乱れた髪を撫でつけながら、男が眠そうな眼で侵入者を見回した。

過日《かじつ》、誉を殴り倒し、けちなこそ泥と罵《ののし》った、あの男だ。

「手際はまあまあってとこだな」

大きな掌で顔をこすり、男が被《かぶ》っていた毛布を払い落とす。

のんびりと響いた声の芯には、鋼《はがね》を思わせる冷たさがあった。声だけではなく、暗がりに浮かぶ男の体軀の頑健《がんけん》さに、背筋を冷たい緊張が這い上る。

それが恐怖によるものではなく、怒りによるものだと、誉は自分へと言い聞かせた。

「てめぇ…出かけてたんじゃ…」

押し殺した声が、意図せず唇からもれる。

テーブルの上の煙草へ手を伸ばし、男がにやりと笑った。窓から差し込む街の光を斜めに浴び、彫りの深い顔立ちが濃い陰影を帯びる。

精悍《せいかん》に整った男の容貌には、甘さがない。

年齢は、自分たちと殆ど変わりないはずだ。しかし研ぎ澄まされた視線のなかにあるものは、年齢を上回る落ちつきと容赦の望めない冷淡な気配だった。

その男の横顔目がけ、音もなく踏み出した操が手にしていたバールを繰り出す。低い唸《うな》りを上げ空気を裂いた鉄の動きを、男の視線が一瞥した。

同時に、駆け出した誉目がけ、男がテーブルを蹴り上げる。

「…っ」

跳ね上がったテーブルに視界を遮《さえぎ》られ、一瞬誉の反応が鈍《にぶ》った。その隙《すき》を逃すことなく、男がバールを握る操の腕を押さえつける。

「な…」

鈍い音を立て、バールが革張りのソファへ食い込んだ。上半身を傾けすぎた操の腹へ、男の膝頭《ひざがしら》がめり込む。

呻いた体を手荒く薙《な》ぎ払われ、操が無様に床を転がった。

「車のナンバーからここを探したんだろ？　俺の予定にしろ、素人《しろうと》にしちゃあよく調べたな。結構いい線いってたぜ」

床に倒れた操を、落ちついた双眸が見下ろす。

自分も操も、決して喧嘩《けんか》が弱いわけではない。

身長も高く、腕力もある上、操に至っては手加減という言葉を知らない分、質が悪かった。しかし
その操を、男は軽々と投げ飛ばしたのだ。

「しかもあんだけボコられたくせに、もう一度俺の事務所狙うとはな。根性だけは褒《ほ》めてやる」

「何様のつもりだ、てめぇっ」

怒鳴り、踏み出そうとして、誉は自分を見た男の双眸の近さに声を失った。

なにが起こったのか理解するより早く、自分目がけて突き上げられた拳が腹へめり込む。

「うぐ…っ」

潰れた悲鳴を上げ、誉は足元をふらつかせた。それでもどうにか堪えた鳩尾《みぞおち》を、もう一度容赦のない靴底が見舞う。

「げ…」

みしりと、嫌な痛みが背筋を走った。

肋骨《ろっこつ》へ、罅《ひび》が入ったかもしれない。思わず腹を庇った体へ足払いを見舞われて、視界が回る。

「誰が口を開いていいと言った」

為す術もなく床へと落ちた誉を、男が見下ろした。

その背後で、再びバールを握り直した操が立ち上がる。最初に腹へ決まった一撃が、相当効いてい

るのだろう。歯を食いしばり、振り上げた金属の凶器が空気を裂いた。

反射的に、誉もまた痛みを堪え立ち上がる。

「…ぐっ」

渾身《こんしん》の力で引き絞った右の拳を、誉は男の脇腹へと叩き込んだ。

低い声を上げ、強靭《きょうじん》な男の体軀が、揺らぐ。もう一撃、冷静に同じ脇腹を狙おうとした誉の体が不意に浮いた。

太い男の腕が、誉の胸ぐらとジーンズのベルトを捕らえる。体を反転する動きで振り回され、足を踏み締めようとした時には遅かった。

「が…っ」

安定を欠いた体が操と接触し、二人の均衡《きんこう》が崩れる。そのままテーブルに足を取られ、体が重なるように床へ落ちた。

立ち上がろうと呻いた太腿へ、重い蹴りがめり込む。

「…ぎゃ……」

同様に操をも蹴り飛ばした男が、殴られた脇腹をさすり、二人を見下ろした。

「片方が久芳誉で、もう一人が操だな」

名を呼ばれ、ぎくりとして眼を見開く。

ほんのわずかな誉の動揺さえ読み取り、男がにやりと唇を笑わせた。

「こんだけ似てりゃあ、一号と二号で十分か。お前ら、渋谷《しぶや》近辺じゃ顔なんだって？　随分《ずいぶん》派手に仕事してんだろ」

新しい煙草を唇にくわえ、男がライターを取り出す。

名前だけではなく、男は自分たち兄弟の全てを知っていると、そう言いたいのだ。

「主犯は、お前だな？」

靴の先で肋《あばら》を小突かれ、誉は痛みを堪え男を睨んだ。

感情の変化に乏しい容貌のなか、眼ばかりが冷たい憎悪を剝き出しにして男を凝視する。悪寒《おかん》を覚えずにはいられない誉の眼の色にさえ、男は楽しげに唇を歪ませた。

「こそ泥のままコンクリ履くか、素人仕事に見切りをつけるか、自分で選びな」

まだ熱い灰を誉が蹲《うずくま》る床へ落とし、男が楽しげに声をふるわせる。途端に堪えようのない怒りの塊が背筋を駆け上がり、誉は男の懐《ふところ》目がけ床を蹴っていた。

「誰がこそ泥だ！　このヤクザのパシリがっ」

ベルトに仕込んでいたナイフを、掌へと滑らせる。なめらかなナイフの柄が掌へ収まった瞬間、胸のなかがひやりと冴えた。

視界にはっきりと、男の姿が収まる。

やれる。

奇妙に落ちついた声が腹の底で響いた。


辞められない…。

「ぶっ殺してやるっ」

迷うことなく、胸へと狙いを定める。

指先一つ、ふるえていない。

蹲っていた操の腕が、男の足を止めるため床を這《は》う。そんなことは視覚で確かめるまでもなく、誉には解っていた。

操の腕が、男の足を摑む。

退路を失い、男が眉間に力を込めた。

鋭いナイフの切っ先が、男の胸へと突き刺さる。その手応えを思い描いた瞬間、誉は自らの肩を見舞った衝撃に、信じられず眼を見開いた。

「な…」

操が抱えきれなかった男の左足が、骨を砕く力で誉の肩を真横から蹴る。

軸足を操に摑まれたまま、それでも蹴りを放ったということか。

握ったナイフが、指先を離れた。力を込め、握り直そうとしてもまるで感覚がなく腕が痺れる。

見開いた視界のなかで、男がにたりと笑った。

全身の血が引く悪寒が、肺腑《はいふ》を冷やす。自分へと繰り出された拳を視界に捉えながら、誉は急所を庇う余裕さえ与えられず立ちつくした。

「が…っ」

重い拳が、鳩尾へめり込む。

内臓と筋肉、そして骨が軋む痛みに視界が歪んだ。がっくりと膝をついた誉に一瞥を投げ、男が操の胸を蹴り上げる。

「ぶっ殺す、か」

繰り返した男が、床の上から細いナイフを拾った。

刺される。

痛みに整わない呼吸のなか、誉は覚悟を決めて男を見返した。

「頭に血が昇ってても、冷静に急所狙えるたぁ、上等だ。コンクリ履かすには惜しい狂犬だな」

笑い、男が無造作にナイフから指を離した。一直線に落ちたナイフが、かつりと鋭い音を立て、倒れたテーブルの天板《てんばん》に突き刺さる。

わずかほども視線を逸らそうとしない誉を見下ろし、男がにやりと笑った。

「ここに、五十万ある」

誉に視線を定めたまま、男が拾い上げたスーツの上着から、封筒を取り出す。

意図が解らず、唇を引き結んだ誉の鼻先へ、男が茶色い封筒を投げて寄越《よこ》した。

「二人ともその見苦しい頭と服をどうにかしてこい。明日の出勤は、朝の十時まで待ってやる」

男の言葉の意味を量《はか》りかね、誉が目の前の封筒と男とを見比べる。

「…………働けって言うのか…？　俺たちに、ここで」

辞められない…。

思わず唸った誉の横顔を、堅い男の靴底が見舞った。

「……っ」

「働けとは言ってねえ。使ってやってもいいって、そう言ってるだけだ」

冷淡な声で訂正し、男が吸い終えた煙草を捨てる。

「無理強いはしねえ。逃げたきゃ逃げな。その金は餞別《せんべつ》にくれてやる」

笑うような抑揚を帯びた男の声を聞きながら、誉は目の前の封筒を凝視した。男が言う通り、封筒には五十万円近い現金の厚みが見て取れる。

「五十万で買える自尊心なら、安いもんだしな」

喉の奥で笑い、男はスーツの上着を手に部屋の奥へと向かった。

「俺はもう休む。出て行くなら、ここの掃除すませて、鍵もかけておけよ」

肩越しに振り返った男が、まだ床へと座り込んでいる誉へ声を投げる。そのまま二度と振り返らず、男は事務所の奥へと続く扉へ消えた。

静まり返った事務所のなか、声を上げることもできず、茶色い封筒を見つめる。床に体を投げ出したままの操が、兄と封筒とを交互に見た。

「……行くぞ」

長い沈黙の後、封筒を摑んで立ち上がる。

胸に食い込むような痛みがあった。やはり肋骨に罅が入っているかもしれない。

辞められない…。


「で？　どこ逃げる、兄ちゃん」

重い体を引きずるように、操もまた立ち上がる。

表情のない弟に問われ、誉は封筒をジーンズの尻ポケットに捻じ込んだ。

「……リョージの奴を今すぐ呼び出せ」

「リョージ？　あいつは逃がし屋じゃねえ、美容師だろ」

口にしてようやく、誉の意図を察したらしい。一瞬呆気《あっけ》に取られたように、操が唇を開いた。

「………本気か、兄ちゃん。働くのかよ、ここで」

こんな時でもやはり、感情に欠けた声で念を押され、誉が唇を引き結ぶ。応えない兄の背中を肯定と理解して、操が声もなく唸った。

「…滅茶苦茶、だせーんですけど。兄ちゃん」

「黙れっ」

心底からの感嘆を絞った弟を、険しい声で一喝《いっかつ》する。

「負けたまま、尻尾《しっぽ》巻いて逃げれるかよっ」

あいつを腹のなかから、食い破ってやる。

男が消えた扉を見据え、誉は薄い唇を引き結んだ。

絶対に、あの男を見返してやる。

狩納北。

明日から自分の雇用主となる男の名を、誉は堅い決意と共に胸のなかで吐き捨てた。


いつもと同じ、軽やかな小鳥の鳴き声が夜明けを告げる。

寝覚めは、最悪だった。

寝台の上へどうにか体を起こしたものの、あまりの虚脱感に頭が動かない。

どうして今更、あんな夢を見たのだろう。

早く忘れてしまいたい記憶ほど、細部にわたり鮮明に脳裏へと焼きついている。狩納に対し、ぶち殺すとまで叫んだ自分の声が、取り消しようもなく蘇った。

今ならば、頼まれても口にしたくない言葉だ。狩納という男の恐ろしさを知らなかったとはいえ、無知ほど恐いものはない。

深い溜め息をもらし、久芳は寝癖のついた髪を掻き上げた。

思い出したくもない夢を見てしまったのは、昨夜目《ま》の当たりにした、狩納と綾瀬の性交のせいだろうか。

それもただの性交ではなく、男の執心《しゅうしん》を一身に注がれ、初々しく花開いた綾瀬の嬌態《きょうたい》を見せつけられたのだ。

辞めら れない…。

思い出すだけで、不謹慎だが腹の底に重い興奮が蟠《わだかま》る。

そもそも更衣室で、何故狩納の下で働くようになったのか、そう綾瀬に尋ねられた時から、悪い予感はしていたのだ。同じ質問を過去に何度か、綾瀬以外の人間から向けられたことがある。そのたびに迷うことなく、久芳は上手い言い訳を考え、答えをはぐらかしてきた。

しかし昨日、綾瀬に対してだけはそうすることができなかった。

綾瀬には、容易に嘘をつきたくない。

だからといって、本当のことをあのやさしい少年が知れば、どうなるか。解りきった結末が、久芳の口を重くした。

前科こそないが、自分の手は間違いなく罪に汚れている。

綾瀬にだけは、知られたくない。

自分のなかに、そんな明確な感情があることを、久芳は諦《あきら》めと共に自覚しなければならなかった。

自分が罪を犯してきたことも、その特技を活かし、狩納の事務所へ押し入ったことも、そこで完膚《かんぷ》なきまでに返り討ちにあったことも。決して、あの少年にだけは告白できない。

胸に溜まる嘆息を絞り出し、久芳は意を決して寝台を降りた。寝間着のまま鏡へ映した自分の髪は、この三年ですっかり黒い地毛へと戻っている。ピアスを下げ、髪を染め、目的もなく街を漂っていた頃の面影《おもかげ》を、鏡のなかに見つけることはできない。

三年の間、狩納は日増しに商売の規模を拡げ、事務所も賃貸のマンションから、現在のビルを手に入れるまでに、至った。

いつか自分も、狩納と同じ位置に立てる男になりたい。

逆恨みをし、命まで狙おうとした男が、今では自分の目標になっている。

止まらない溜め息を繰り返し、久芳は居間《リビング》の扉を開いた。

「…うす」

フローリングの床へ脚を投げ出し、寝間着のままの操が視線を投げる。

今朝は珍しく、久芳が起こす前に眼が覚めていたらしい。ニュース番組を眺めながら、冷蔵庫から探し出したパンを齧《かじ》っている。

低いテーブルの上を一瞥し、久芳は諦めたように台所《キッチン》へグラスを取りに行った。弟が気を利かせ、自分の分まで朝食を用意してくれることなど、期待してはいけない。

物心がついて以来、言われたこと以外はするなと、口が酸っぱくなるほど繰り返してきたのは自分だ。物事の加減というものを知らない操が、自分でなにかを考え実行すると、いつでもその被害こそが甚大《じんだい》だった。

いまだに同じ部屋で暮らしているのも、弟の生活を監視する意味合いがないわけでもない。仕事に問題が及べば、連帯責任を負わされることは目に見えている。

「そういえば昨夜《ゆうべ》、鬼頭《きとう》のおっちゃんから電話があったぜ」

居間から投げられた声に、グラスへ水を注いでいた久芳の手が止まる。

鬼頭というのは、久芳が学生の頃から世話になっている車の整備業者だ。現在愛車である32《サンニ》スカイラインGT-Rを、久芳は足回りの調整のため彼の手元へ預けていた。

「仕上がったって？」

思わず熱が籠った兄の問いに、弟が静かな目で首を横へ振る。

「車はまだみてえだけど、藤田《ふじた》から連絡があったって」

操の口から告げられた名に、久芳は眉間を歪めた。

つい今し方まで久芳を苦しめていた、嫌な夢の残像が蘇る。昨夜からとことん、自分はついていないらしい。

藤田は鬼頭同様、学生時代からの古い知人だ。だが決して、親しい間柄だったとは言いがたい。

藤田は当時鬼頭が面倒を見ていた若い連中の一人で、久芳たちと同じように車輛の窃盗を繰り返していた。しかしながらその手口は乱暴で、取引相手と揉めることもしばしばだ。結局は鬼頭も庇いきれなくなり、街を追われる羽目になった。

「戻って来てるみてぇだな。兄ちゃんとこへも、連絡あったんだろ？」

無造作にパンを食いちぎり、操がテレビの画面へと顎をしゃくる。

若い女性のキャスターが、都内で多発する車輛の盗難被害を深刻な顔で報告していた。

「手ぇ貸すのか？　藤田たちに」

尋ねられ、久芳の双眸に冷たい光が落ちる。

辞められない…。

淡泊な容貌を染めた、研ぎ澄まされた怒りの色に、操が唇を引き結んだ。

「ばか言え。俺にそんな義理があるか。相手は車一つまともにパチれねえド素人だぜ？」

低い声で吐き捨て、テレビのリモコンへと腕を伸ばす。

有無を言わせずテレビの電源を切り、久芳は操が切り分けたパンをつまみ取った。

胸の奥に、曇りのない笑みを浮かべる綾瀬の瞳が蘇る。

過去の自分に、戻るつもりもない。

そうでなくても、藤田は信用のならない男だ。街にいた頃でさえ、お互いの縄張りを巡りちいさな衝突は絶えなかった。そんな男が、今更昔の土地へ舞い戻り、自分の力を利用しようなどとは都合がいいにもほどがある。

操が迷惑そうな顔をするにも構わず、久芳は頑健な歯でぎりぎりとパンを引きちぎった。


「…はい。解りました。明日の正午までに用意させて頂ければよろしいんですね？」

電話口で念を押し、用紙に筆を走らせる。

追加融資の段取りを決め、久芳は礼を述べて受話器を置いた。

明るい灰色の絨毯が敷かれた事務所へ、澄んだ秋の陽射しが差し込む。朝から久芳をげんなりとさせていた悪い予感に反し、仕事は順調だった。

資料のコピーを取ろうと、立ち上がった久芳の視線が、ちらりと隣の席を見下ろす。綾瀬のために用意された席は、今朝からずっと空いたままだ。

予《あらかじ》め休みを取ることは決まっていたのだが、昨夜の記憶が過《よぎ》るたび、考えてはいけない妄想に胸が痛む。

久芳が洗面所から出て、逃げるように事務所を後にしてからも、狩納と綾瀬は社長室に籠っていたはずだ。あんな深夜まで狩納につき合わされ、綾瀬が疲れてしまわないわけがない。

しかし綾瀬の体を気遣う反面、彼の欠勤は久芳にとってありがたいものでもあった。いかに鉄面皮《てつめんぴ》と名高い誉でも、今綾瀬と肩を並べ、平静に仕事ができるかは自信がない。仕事を失敗するわけにはゆかないし、なにより狩納の視線が恐ろしかった。

今日一日平静に乗りきることができれば、明日には全てを忘れた顔ができるだろう。自分自身に言い聞かせ、コピーを手に席へと向かった久芳の肩を、不意に大きな掌が叩いた。

驚いて振り返った久芳を、狩納の長身が見下ろしている。

久芳も、決して背の低い男ではない。しかしこの雇用主は、久芳でさえわずかに顎を持ち上げなければならないほど、長軀の主だった。

「社長…。お帰りになってたんですか」

動揺のない声が、唇からもれる。

辞められない…。

狩納は昼すぎから得意先を回っていたのだが、コピーを取っていたせいか、その帰社に気づかなかったらしい。

「真面目にやってるみてぇだな」

まだ書類鞄《かばん》を手にしたままの狩納が、にこにこと久芳を見下ろす。

その機嫌のよさの意味が解らず、眉をひそめた久芳の肩を、男が二度三度軽く叩いた。

「死ぬ気で働けよ。操」

朗々《ろうろう》とした声で労い、にやりと笑う。

操。

突然鈍器《どんき》で後頭部を殴りつけられたような衝撃を覚え、久芳はその場に立ちつくした。

自分たちを総括《そうかつ》して久芳と呼ぶ狩納が、突然自分を操と呼んだ理由など明白だ。

声を失った久芳の背をもう一度ばしりと叩き、笑みを深くした男が社長室へと足を向けた。しかしその双眸が、本当に笑っていたとは思えない。

どうすることもできず棒立ちになった視線の先、思い出したように狩納が振り返った。

「四時になったらどっちか、綾瀬のために車を出してやれ。夕飯の買い物らしいが、物騒だからな」

言い置き、男が社長室へと消える。

狩納は平素から、綾瀬を一人では外出させたがらない。

商売柄、敵の多い狩納が、その愛人である綾瀬の身辺《しんぺん》に神経質になるのも当然だった。元々こうした荒っぽい世界で生きてきた人間ならともかく、綾瀬は極めて平穏な環境で育《はぐく》まれてきた少年だ。街を歩く動き一つとっても、あまりにも無防備で心許《こころもと》ない。

パソコンの画面に向かっていた操が、問うような視線で自分を見た。

なにかあったのかと、そう尋ねる眼だ。

それには応えず、久芳は壁の時計に眼を遣った。

三時、少しすぎ。

四時までに、今抱えている仕事の区切りをつけることは難しいだろう。仕事が終らなければ、綾瀬の運転手役は操へと割り振られるはずだ。

それが、いい。

自分自身に言い聞かせ、久芳は大股《おおまた》に自らの机へと戻った。

辞められない…。

「…ごめんなさい。お仕事、忙しかったんじゃないですか…?」

恐縮した声が、細く繰り返す。

後部座席に座る綾瀬へ、久芳はバックミラー越しに苦笑を向けた。

「いえ、丁度一区切りついたところでしたから」

鷹揚に応える自分の声を、呪いたくなる。

なにが一区切りついただ。必死になってつけた、の間違いだろう。

綾瀬の運転手に名乗りを挙げてはいけないと、あれほど誓ったはずなのに、結局四時を待たず、久芳は手持ちの仕事を終えていた。

自分が行かなければ、操が運転手を務めるのだ。そうなれば、昨日自分が弟の名を騙《かた》ったことが、綾瀬にばれるかもしれない。

その危惧に追い立てられたのだと、久芳は自らへ言い聞かせた。

綾瀬と二人きり、外出する特権を弟に与えたくない。そんな不謹慎《ふきんしん》な理由では、ないのだ。

ハンドルを握ったまま、久芳は胸の内で苦い溜め息を絞った。

どちらにしろ、純粋な動機ではない。

結果として、今自分はマーキュリーの後部座席へ綾瀬を乗せ、新宿の街を走っている。

このマーキュリーは狩納の自家用車兼社用車として、久芳が選び購入の手続きを行った車だ。狩納は性能を重視する以外、車種にはあまりこだわりがないらしい。自分が乗り、手を加えるならばやはりスポーツタイプがいいが、狩納のような男が乗るには、この車は理想的だと思えた。

広い室内と、厳《いか》つすぎない外見。それでいて甘さのない箱形のボディは、狩納という男を安く見せない。

握り心地のよい革のハンドルを掌に収め、久芳はバックミラーに綾瀬の姿を求めた。

辞められない…。


華奢な肢体が、広い後部座席で所在なげに座っている。

薄いシャツの七分袖から、はっとするほど白い腕が伸びていた。少女のような脂肪の丸みはなく、直線的な体の薄さがいかにも潔《いさぎよ》く映る。

疲れているのか、少し睫《まつげ》を伏せるようにして、ぼんやりと窓の外を見る横顔は、指を伸ばし、触れてみたいような繊細さがあった。

頬を撫で、睫を吸い、華奢な体を抱き締めたら、綾瀬はどんな表情《かお》をするだろうか。

その想像を思い描いた途端、昨夜狩納に犯されていた綾瀬の姿が胸を過り、久芳は息を詰めた。

どこか塞《ふさ》ぎ込んだような横顔に、まだ昨夜の性交の余韻《よいん》が残されているようで、喉の奥が渇く。

綾瀬は車を回した久芳を見て、少しだけ緊張した表情を見せたが、すぐにいつもと同じ屈託のない瞳で笑った。

ハンドルを握るのが、操ではないと知り、ほっとしたのかもしれない。緊張を解《と》いた綾瀬の表情に、久芳自身安堵《あんど》したが、同時に彼を騙《だま》しているのだという罪悪感に胸が疼いた。

こんな罪の意識を感じたのなど、何年振りだろう。

綾瀬と出会う以前は、窃盗に手を染めていた自分を恥じる気持ちさえ薄かった。

すっかり、調子が狂ってしまっている。

もしかしたら狩納も、自分と同じ気持ちなのだろうか。

「小田急《おだきゅう》の地下でいいですか？」

尋ねた久芳に、綾瀬が笑顔で頷く。

「はい。車を入れやすいところにお願いします」

申し訳なさそうに眉を垂れる綾瀬に笑みを見せ、久芳は新宿駅の南側へと車を回した。バスターミナルを左手に見ながら、減速して地下駐車場へ降りる。

古い駐車場は、コンクリートの塊を思わせて薄暗い。車を駐められる場所を探し、ゆっくりとハンドルを切ると、後方を走る車がサイドミラーを掠めた。

久芳の双眸へ、冴えた光が過る。

駐車場は三割方空いているというのに、後ろのソアラは止まる気配がない。

経験に基《もと》づく久芳の嗅覚《きゅうかく》が、危険を告げていた。

このまま一度、駐車場を出るべきだろうか。

バックミラーに映る車から眼を逸らさず、久芳は慎重にハンドルを切った。

今は綾瀬を乗せているのだ。慎重になりすぎて困ることはない。

出口を目指し、ゆっくりとアクセルを踏み込んだ時、柱の陰から唐突に黒いワゴンが飛び出した。

「…っ」

鼻先ぎりぎりへと迫ったアルファスポーツワゴンを避けるため、力を込めてブレーキを踏む。

急な振動に、後部座席の綾瀬がちいさな声を上げた。

「大丈夫ですか」

咄嗟に振り返り、綾瀬の無事を確かめる。

幸い助手席のシートに腕をつき、細い声で応えた綾瀬に怪我はない。すぐに車体を後退《バック》させようと、

「へ、平気です…」

久芳はアクセルを踏んだ。

しかしそれを遮るように、車体の後部ぎりぎりへ赤いソアラが迫る。先程から後続についていた、
あの車だ。

こつこつと、運転席の窓硝子を叩く音に、久芳が視線を上げる。

薄暗い駐車場に、まばらに髭《ひげ》を生やした細身の男が立っていた。

決して、思い出したい顔ではない。

しかしそれが誰であるか、久芳にはすぐに解った。

あまりの間の悪さに、怒声を上げ闇雲に罵りたい衝動に駆られる。

かけていた青いサングラスを外し、藤田がにやりと笑った。

「久しぶりだな」

そんな言葉を、綾瀬の前で口にするのはやめて欲しい。

暗い怒りに捕らわれる久芳には気づかず、藤田が自らの背後を顎で示した。

藤田に続き、若い男が四人、ワゴンを降り車を取り囲む。なかには長い金属の棒であろう得物《えもの》を手にしている者もいた。


辞められない…。

「車を降りろ」

窓を叩きながら促され、久芳が後部座席の綾瀬を振り返る。

ただならない雰囲気に、綾瀬は身を強張《こわば》らせ息を詰めていた。

「すぐ、戻りますから」

綾瀬に告げ、久芳は溜め息を絞るとシートベルトを外した。

冷たいコンクリートの通路へ降り立った久芳を見て、藤田が笑う。

「エンジンも切って、キーを外せ」

「誰に向かって口利いてんだ。チンピラが」

冷淡に吐き捨てられた久芳の声音に、藤田が怒りに目元を引きつらせた。

「こいつ…っ」

短気なのは、昔と変わっていないらしい。突然胸ぐらを掴み、殴りかかろうとする藤田を、久芳は真正面から見返した。

「やめて下さいっ」

十分に引きつけ、その腹へ膝を見舞おうとしていた久芳の耳に、切迫《せっぱく》した悲鳴が届く。

ぎくりとして眼を見開くと、後部座席を飛び出した綾瀬が、拳を振り上げる藤田へしがみついていた。

「なんだ、こいつ」

久芳の不利と見て取り、加勢のため決死の覚悟で飛び出してきたのだろう。懸命にしがみつく綾瀬の体を、藤田が力任せに引き剝がした。

「綾瀬さんっ」

自分でも驚くほどの声で叫び、久芳が突き飛ばされた綾瀬へ腕を伸ばす。

「…っ」

車体へとぶつかる寸前、腕に抱えた綾瀬の体は不安を覚えるほどに軽かった。呻いた綾瀬を、藤田の腕が乱暴に摑む。

「この人に触るな！」

叫んだ久芳の腕から、藤田と若い男とが綾瀬の体を奪い取った。

常にない久芳の剣幕に、藤田が気圧《けお》されたように唇を歪める。

「お前が、兄貴の方か弟の方かは知らねえが、随分ご執心だな」

吐き捨てた藤田の合図に、男たちが久芳を取り囲んだ。見知った顔が一つ、二つ。

過去の久芳を知る者は、安易に近づくことが恐ろしいのか、緊張した面持ちで間合いを計っていた。

「こいつ、女じゃねえな？」

綾瀬の顎を摑み、顔を覗き込んだ藤田が歯を剝き出しにする。

「…放して下さいっ。どうしてこんなことするんですか」

乱暴に肩を押さえつけられながら、綾瀬が果敢《かかん》にもふるえる声を絞った。


辞められない…。

青褪《あおざ》め、怯えてはいるが、綾瀬は決して取り乱してはいない。壊れそうな目の色をするくせに、決して視線を逸らそうとしない綾瀬に、藤田がいやらしい目で笑った。

「理由なんか簡単だ。そこにいる久芳クンが、俺たちのお願いを聞いてくれねえからだよ」

芝居がかった声を上げ、藤田が男の一人へマーキュリーを駐車場へ駐め直すよう指示をする。人目を避けるため、ソアラはゆっくりと反対側へ退《ひ》いた。

「頼むよ、久芳。お前にしか盗めねえ車……」

「やめろっ」

腹の底へ響く怒声を吐き、久芳は藤田の言葉を遮った。

綾瀬にだけは、決して知られたくはない。

歯を剝き出しにした久芳の剣幕に、藤田や男たちが一瞬息を呑む。しかし次の瞬間には、藤田は全てを察した様子で唇を歪めた。

「…そうか。お前、こいつに話してねえんだろ?」

若い男に捕らえられた綾瀬の顎を、藤田がくすぐるように撫で上げる。

「俺が教えてやるぜ。久芳クンが昔どんな野郎だったか」

「放…っ」

耳元での囁きに、綾瀬が嫌がって身を捩《よじ》った。

「隠すことねえだろ。渋谷近辺で久芳兄弟って言えば、喧嘩が強《つえ》ぇ上に、仕事の腕も超一流つって、辞められない…。


かなり幅利かしてよ。名誉な話じゃねえか」

藤田の言葉の一つ一つに、背筋がぴりぴりと逆立つ。

嫌な、感触だった。

藤田の笑みが、無性に神経を逆撫でる。

それは明確な怒りの感覚だ。

「どうするよ、久芳。もっと詳しく説明してほしいか？　え？」

尋ねられ、久芳が恐ろしい速さで腕を伸ばし、藤田の胸ぐらを摑み上げる。

まさかこの状況で久芳が反撃に出るとは予想していなかったのだろう。驚き、床を引きずられた藤田の耳元で、久芳は低く唸った。

「それ以上口開きやがったら、本気でお前ら全員ぶち殺すぞ」

怒りを押し殺す抑揚のない声音に、藤田が目を剝き、弾かれたように久芳の腕を振り払う。

「ふ、ふざけやがって！　お前、まだ自分の立場が解ってねえらしいなっ」

叫んだ藤田に応え、綾瀬を捕らえた男が掌のなかへナイフを滑らせた。薄く鋭利な刃物を突きつけられ、綾瀬がひくりと息を吞む。

「に、逃げて下さい…っ」

上擦った声で、それでも綾瀬が懸命に叫んだ。

「久芳さんっ。早く…！」

真っ直ぐな瞳が、強張りながらも久芳を見る。

自分のせいで捕らえられ、恐怖に晒されているのは明白なのに、綾瀬は絶対に責める言葉を口にしない。やさしいのか、愚かなのか、解らなくなるほど真っ直ぐな綾瀬を久芳は凝視した。

「…その人は関係ない。放してやれ」

吐き捨てた久芳の言葉に、藤田がにやにやと目元を細める。

「関係ねえわけねーだろ。いつから男に宗旨《しゅうし》替えしたか知らねえけど、随分惚れてるみたいじゃねえか」

「違う。本当に関係ないんだっ」

これ以上上下らない話を、綾瀬の耳へ入れたくない。叫んだ久芳へ、藤田が不揃いな髭を撫で、頷いた。

「…解った。そこまで言うなら、こいつを放してやってもいいぜ。けどよ、人にものを頼む時には、それなりの態度ってもんがあんだろう?」

薄い唇を歪ませ、藤田がコンクリートの床を示した。

「膝ついて、お願いしますって言ってみな」

「や…っ」

男に取り押さえられたまま、綾瀬が細い悲鳴を上げる。

綾瀬の表情を見返すことができず、久芳はぐっと指先を握り締めた。骨張った堅い拳が、細かくふるえる。

藤田に下げる頭など、持ち合わせていない。

しかし従わなければ、綾瀬の身に危険が及ぶ。

血が滲むほど唇を噛み締め、久芳はゆっくりと膝を折った。

冷たく汚れたコンクリートの上、両膝をついた久芳を見下ろし藤田が笑う。

「言えよ。仕事をさせて下さいってな」

叫び、藤田の靴底が久芳の肩を蹴った。

「久芳さんっ」

呻いた久芳へ駆け寄ろうと、綾瀬が身をふるわせる。しかし押さえつける男の腕が、それを許さない。

「へっ、だっせー。ざまぁねえな。いつでも他人見下した態度だった久芳クンがよ。絶対ぇぶっ殺してやるって思ってたぜ。お前らもマジで、むかついてたんだろ？」

声を上げた藤田に応え、取り囲んでいた男たちが一斉《いっせい》に久芳へ蹴りかかる。

背骨の真上を力任せに蹴られ、肺が弾んだ。

「が…っ」

鈍い痛みが筋肉を軋ませ、声を押し出す。靴底が顔を掠め、切れた額からなまあたたかい血が伝った。


辞められない…。

「…早く、その人を……」

放せと、そう続けようとした久芳の顎を、藤田が笑いながら蹴り上げる。

「ぐっ…」

「黙れ。お前の仕事見届けるまで、こいつは預かっておくぜ」

頭上で響いた藤田の言葉に、久芳は双眸を見開いた。

「当たり前だろ？　お前みてえな危ねぇヤツ使うのに、保険に入っておかねーバカはいねえもんな」

薄い唇を神経質に舐め回し、藤田が綾瀬を捕らえた男を振り返る。

「おい、そいつはワゴンに積んどけ」

投げられた指示に、男が嫌がる綾瀬をワゴンへと引き立てた。

「久芳さんっ」

掠れた綾瀬の叫びには、こうなっても尚、久芳を責める響きはない。信頼を込めた綾瀬の声に、背中を冷たい怒りが駆け上がった。

「狂犬呼ばわりされてた男が、随分甘くなったじゃねえか。ヤクザに飼われて、牙《きば》を抜かれたか？」

唾《つば》を飛ばす藤田を、久芳が眉一筋動かすことなく見据える。

「腕が鈍ってなけりゃ、俺には関係ねえけどな。車輛盗難防止システムがこれ以上面倒になる前に、目ぼしい車は盗んじまいてーんだよ」

企業が競って開発を行っている新型の車輛防犯機能は、罪を犯す側にとっては大きな脅威だ。街を

走る車全てがその盗難防止機能を搭載《とうさい》できるわけでもないが、それでも盗みに伴う危険は高くなる。そうなる以前に荒く稼ぎを伸ばしておきたい藤田の肚など、最初から解りきっていたことだ。

「悪い話じゃねえだろ。綾瀬とか言ったか？　あいつの前じゃ無駄な見栄張ってやがったけどよ。考えてみろ。車泥《くるまドロ》の方が、ヤクザのパシリよかよっぽどマシだと思わねえか」

久芳を見下ろせることが、よほど気持ちいいのだろう。嬉しげに演説をぶつ藤田を視界に捉え、胸のなかで冷たいなにかが振り切れた。

じゃりっ、と靴底がコンクリートに溜まる砂を嚙む。

次の瞬間、久芳は考えるよりも早く立ち上がり、藤田の顔面目がけ腕を伸ばしていた。

「…っ」

あれだけ殴られていながら、どうしてこんな瞬発力を保っていられるのか。

驚愕《きょうがく》に歪んだ藤田の顔面を、久芳は大きく広げた掌で摑み取った。

「誰がヤクザのパシリだ！」

皮膚を揺るがす怒声と共に、力任せに捕らえた頭を突き飛ばす。

足元をふらつかせた藤田の後頭部が、鈍い音を立てて数歩後ろの柱へと激突した。呻いた胸ぐらをすかさず摑み、引き寄せて腹を蹴り上げる。

「げぇ…っ」

潰れた悲鳴が太腿の上で響き、久芳は薄い唇をにぃっと歪ませた。

堅い膝の骨が、筋肉の薄い肋を思い切り蹴り上げる感触。それは決して、悪いものではない。飛び出しそうに見開かれた藤田の目玉が、信じられないといった表情で久芳を見上げる。それは久芳を取り囲んでいた男たちも同様だった。

瞬時にはなにが起こったのか、理解できなかったのだろう。得物を手にしたまま、棒立ちになっていた男が、振り返った久芳の表情に息を詰めた。

額を伝い降りた血が、唇へとしたたる。

苦い鉄の味を舌で確かめ、久芳はいまだ胸ぐらを摑んでいた藤田の体を床へと捨てた。

「こ、この野郎…っ」

ふるえた雄叫《おたけ》びを上げ、男が手にした鉄パイプを振りかざし、久芳へと突き進む。その男の腹を、久芳は真っ直ぐ靴底で蹴りつけた。

「…げぁ…」

呼吸ができず、大きく目を見開いた男の胸を、今度は肘で抉る。

「ふざけんなよっ」

叫んだ男の一人が、久芳の頭部へと拳を突き上げた。

体を屈めたが間に合わない。強《したた》かに肩を殴られたが、構わず通路の上から金属製のパイプを拾い上げる。

自分を捕らえようと伸ばされる四本の腕へ、久芳は握ったパイプを躊躇なく振るった。

辞められない…。

「痛《いて》えっ」

太腿を強打され、男の一人が悲鳴を上げる。

殴りかかろうとするもう一人も、同様に太腿を狙い力任せにパイプを叩きつけた。

「ぎゃ…」

ごきりと、鈍い手応えが伝わる。

どこかの骨が砕けたのだろうが、久芳は一向に構わなかった。通路に転がる男たちへは一瞥もくれず、ワゴンへと走る。

黒いワゴンの扉へ腕を伸ばした時、それは唐突に内側から開かれた。

「なにかあったのか、藤…」

仲間の悲鳴に、異状を察したのだろう。

外を覗いた男の頭部を、久芳は有無を言わせず両手で摑み取った。

明かりをつけたワゴンの座席で、ガムテープで縛られた綾瀬を、茶色い髪をした男が組み敷いている。

久芳を見た綾瀬の目に、泣き出しそうな安堵が過った。

「な…お前…っ」

状況が把握できず、驚きの声を上げる男を、久芳は力任せに膝頭で蹴り上げた。

「が…っ」

悲鳴を上げ、頭からコンクリートへ落ちた男を踏みつけ、ワゴンへと一歩身を乗り出す。

「く、来るなっ」

綾瀬の着衣へ手を差し込んでいた男が、上擦った声を上げた。

運転席が空《から》だということは、この男が運転手だろう。

「黙れ」

冴えた眼光で吐き捨て、久芳が長い腕を突き出す。眼前に迫った掌の大きさに、気圧された男の胸ぐらを、久芳は無造作に摑み、引き寄せた。

「ひ…っ」

綾瀬を盾《たて》にする余裕も与えず、一息に車外へと引き出す。背中からコンクリートへ叩きつけ、久芳は男の胸部を体重をかけて踏みつけた。

「綾瀬さん、早く！」

座席の奥で声をなくし、瞳を見開いていた綾瀬が、弾かれたように腰を浮かせる。

「く、久芳さん、怪我を…」

狭い車内から這い出し綾瀬が、真っ先に口にした言葉がそれだった。

両手を体の前で固定されたまま、なにか血を拭うものはないかと目を走らせた綾瀬を、久芳が抱える。

「そんなことはいいんです。それより急いで下さい」

辞められない…。

ソアラの運転手も、すでに騒ぎに気づいているはずだ。

「ちくしょう…」

殴られた太腿を庇い、先程殴り倒した男の一人が立ち上がる。吐瀉物《としゃぶつ》をまき散らし、荒い息を吐く藤田もまた、柱に縋り立ち上がろうとしていた。

致命傷を負わせたわけでないのだから、仕方がない。綾瀬を連れたまま、これ以上この人数を相手にすることは不可能だ。

逃げなければ。

瞬時に判断した久芳が、艶のあるマーキュリーの車体を捉える。

しかし、鍵はない。

視界の端で、赤い車が動き出すのが見えた。

男たちをもう一度殴り倒し、誰かが持っているであろう鍵を探し出している余裕はない。無意識に綾瀬を振り返り、久芳は唾液《だえき》の塊を飲み下した。

他に、方法があるだろうか。

自問自答が、胸に湧く。

それは、ほんのわずかな迷いだった。

「綾瀬さん。こっちへ」

ワゴンの床に転がっていた工具箱を拾い、マーキュリーへと走る。

「でも鍵が…」

戸惑う綾瀬を、久芳はもう振り返らなかった。

工具箱を開き、使えそうな工具を探し出す。長い鉄製のL字定規を手に、久芳は左足の靴下をずらし、その下に巻きつけた布を外した。

驚く綾瀬には構わず、二つ折りにされた布のなかから愛用のペンチと薄いドライバーを抜き出す。

それらを指の間へ器用に挟み、久芳はマーキュリーの車体へと体を寄せた。

薄い鉄の定規を、窓と車体の間へと差し込む。

「なにを…」

背後で綾瀬が声を上げたが、久芳は自らの指先の感覚へと集中した。

たとえ軽蔑《けいべつ》の視線を向けられようと、今はここから綾瀬を逃がすことこそが先決だ。

窓硝子を傷つけないよう、二、三度左右へ滑らせた定規を真上に引く。

がちんと鈍い音を立て、鍵が開いた。

「乗って!」

後部座席の扉を開き、綾瀬を押し込む。声を失っている綾瀬の瞳が、定規を握る久芳を凝視していた。

「シートの下にもぐっていて下さい」

機敏《きびん》な声で告げながら、両手でハンドルを掴み、乱暴に揺する。がたがたとステアリングが音を立

辞められない…。

て、壊れそうな振動に綾瀬が息を呑んだ。実際ハンドルロックを壊さないことには、ハンドルが動かないのだ。

手応えがあるまでステアリングを上下に揺らし、鍵穴へとマイナスドライバーを差し込む。

ドライバーというよりも、その形状はナイフに近い。大抵の車の鍵穴へ対応するよう改良された、久芳愛用の仕事道具だ。

倒れていた男の一人が、ふらつく足でマーキュリーへと近づいてくる。

それを視界に留めながら、久芳は正確な動きでドライバーを捻った。

ハンドルの下へ腕を入れ、配線を探る。紙を切るようにペンチを操り、久芳は迷うことなく配線を直結させた。

微かなクランニングの音が、響く。

かかれ。

立ち上がろうとする藤田の姿を凝視しながら、久芳は胸のなかで呟いた。

エンジンへ息を吹き込む掠れたクランニングが、細く続く。永遠と思われるほど長く、そしてかつては刹那《せつな》の快感を約束してくれた、音だ。

しかし、今は違う。

赤いソアラが、マーキュリーを見つけ速度を上げる。

途絶えそうなクランニングの音が、ゆっくりと車へと伝わる振動へと変わった。

エンジンが、目覚める。

体へ触れる確かな充実感に、久芳は強くハンドルを握った。言いつけ通り座席の下で身を縮める綾瀬を確認し、ギアを入れる。

自分を見る綾瀬の目に、罪を暴《あば》かれた痛みを殺し、久芳は思い切りアクセルを踏み込んだ。


重い溜め息が、肺腑を満たす。

手にした盆にグラスを載せ、久芳は社長室の奥に設《もう》けられた、仮眠室の前で立ちつくした。

息を詰め、意を決して控えめに扉を合図する。

応える声が上がるのを待たず、久芳はそっと扉を開いた。

四畳半程度の仮眠室には、ソファ型の寝台と、簡単な棚が据えられているだけだ。一つしかない窓の外には、すでに濁った夜の光が満ちていた。

「久芳さん…」

寝台の上から、細い声が自分を呼ぶ。

疲れ果て、眠りに落ちようとしていたのかもしれない。自分を見つけ、体を起こそうとした綾瀬を、久芳は寝ていて下さい、と恐縮して制した。

辞められない…。

迷いながらも、眠そうな仕種で、綾瀬がやわらかな茶色の髪を枕へ戻す。白い指先が、タオルで包んだ保冷剤をぎこちなく頭へと当て直した。

「…まだ、痛みますか。頭…」

持ってきたグラスを棚へと置き、久芳が低い声で尋ねる。

夕方、恐ろしい速度で地下の駐車場を飛び出した久芳は、混雑する新宿の路上で追って来た赤い車を振り切った。

新宿駅を越えてしまえば、狩納の事務所までは目と鼻の先の距離だ。難を逃れ事務所へ帰り着いたものの、車を降りた綾瀬の頭部には、痛々しい瘤《こぶ》ができていた。

自分の運転が、綾瀬を傷つけたのだろうか。

そう焦った久芳へ、綾瀬は捕らえられていたワゴン車の中でぶつけたらしいと、笑顔さえ見せて否定した。

「大丈夫ですよ。これくらい。それより久芳さんの方が怪我、酷いのに…」

声を曇らせた綾瀬が、無意識の動きなのか、久芳の頬へ指を伸ばす。

怪我を負った綾瀬を、狩納は久芳の予想に反し、この仮眠室へと運んだ。ゆっくり休ませてやりたい半面、眼の届く場所に置いておきたかったのだろう。

いまだ仕事に追われる狩納の指示で、久芳は綾瀬へと飲み物を運ぶ役を任された。

「俺のは、かすり傷です。…俺のせいで、あんなことになって、本当に申し訳ありませんでした」

深々と頭を下げ、久芳が唇を引き結ぶ。

こんな真摯な気持ちで頭を下げた経験は、狩納に対して以外滅多にない。

人に頭を下げることも、人の下につくことも、ずっと自分は恰好が悪いと思って生きてきた。しかし今は、頭を下げ、許しを乞う以外、綾瀬に誠意を示す術が見つけられない。

自分自身の自尊心の高さに見合うだけ、強く、立派な男でありたいと思う気持ちとは裏腹に、今の自分はどうしようもなく卑小《ひしょう》な存在だった。

今だけではない。

駐車場で見た藤田の姿が、否応《いやおう》なく過去の自分に重なり合う。自分が一番だと、そう信じていたあの頃でさえ、どれだけ惨めな真似をしてきたのか、考えるだけで苦さが込み上げた。

三年前、狩納は自分をけちなこそ泥と罵ったが、その言葉は真実だったのだ。

そして今日、藤田に使い走りと嘲笑《ちょうしょう》された言葉もまた、真実なのかもしれない。

下げた頭を上げることができず、久芳は寝台の傍《かたわ》らに立ちつくした。

綾瀬の目にも、やはり自分は惨めでちいさな存在として、映っているのだろうか。

当然だと解っているはずなのに、肺の奥が鈍く痛む。

「あの人たちが、ニュースでやってた車の窃盗団だったんですね…」

吐息まじりの綾瀬の呟きに、背中の緊張がいや増した。

連れ込まれたワゴンのなかで、綾瀬は男たちがなにを生業《なりわい》とするか、教えられていたらしい。そう

辞められない…。

でなくても、事務所へ戻ってからの騒ぎで、薄々は気づいただろう。

そんな窃盗団の首謀者《しゅぼうしゃ》を、古い知人に持つ自分が何者であるのか。

しかも自分は、綾瀬の前で鍵を使わず扉を開き、車を動かしてしまった。

いかに人のいい綾瀬といえども、これだけの材料が揃えばそれがなにを意味しているか、解るはずだ。自分の過去を、知られても構わないと、その覚悟でマーキュリーのエンジンをかけたはずなのに、いざ綾瀬と向き合うと決意が鈍る。

自分が藤田を見下してきたと同じ目で、今度は綾瀬が自分を遠ざけるのだろうか。

「綾瀬さん。俺の昔の仕事は…」

追い詰められたように口を開いたものの、久芳は躊躇し、声を詰まらせた。

他人の財産を侵害し、不利益を被《こうむ》らせることが、果たして仕事などと呼べるだろうか。言葉を探し、眉間を歪めた久芳を、寝台に横たわる綾瀬が真っ直ぐに見た。

「今日のことで、解りました」

にこりと、滲むように微笑んだ綾瀬に、久芳が眉をひそめる。

「久芳さんの、前の仕事がなんだったたか」

自信をもって繰り返され、久芳はぐっと喉の奥で息を詰めた。

まるで死の宣告を言い渡される、囚人《しゅうじん》の気分だ。

邪気のない、甘い綾瀬の瞳がやさしく笑う。

「車の整備関係の仕事だったんでしょう？」

「……え…？」

思わずこぼれた声に、綾瀬が眠そうな眉を、それでも懸命に吊り上げた。

大切な秘密の、謎解きでも行う子供のような目だ。

「車に鍵閉じ込んじゃった時とかに、ドア開けるお仕事とかもあるんですよね。そういう整備のお仕事をしてらっしゃったから、あの人たちに目をつけられたとか…、そういうことなんじゃないんですか？」

自分を見る綾瀬の目には、わずかな迷いもない。

もしかしたら、全てを知っていながら、自分を傷つけまいとしてくれているのだろうか。あるいは本当に、綾瀬は久芳が犯罪になど荷担《かたん》するはずないと、信じてくれているのかもしれない。

綾瀬の言葉をどう受け取っていいのか解らず、久芳は唇を迷わせた。

「俺は…」

「ごめんなさい。しつこく、前のお仕事知りたいなんて言って」

久芳の困惑を、迷惑がられていると、そう理解したのだろうか。眉を垂れた綾瀬が、琥珀《こはく》色の瞳で久芳を見上げた。

「でも俺、知りたかったんです。…俺は、あんまり狩納さんのお仕事の役に、立てないから…」

「なにを言って…」

辞められない…。

綾瀬の表情へと落ちた陰りに、久芳が慌てて否定をする。

実際、狩納は綾瀬に事務所への出入りを許したものの、仕事の核心へ触れるようなことは任せなかった。それは綾瀬の能力を軽《かろ》んじるためでなく、自分の仕事の本質を、この少年にだけは知られたくないという配慮《はいりょ》からだ。

狩納が手がける仕事は、決してきれいなものばかりではない。そうでなくても、金が絡む世界はどれも酷《むご》く、惨めなものだった。

同じならば、金に支配される道を歩むより、金を支配する側にまわる。その野心があってこそ、狩納の商売は成立するのだと、久芳は最近になってようやく肌で理解できるようになってきた。

しかしそれと同じことを、綾瀬に解ってもらいたいとは思わない。むしろ久芳自身も、綾瀬には自分たちが生きる世界とは無関係な場所にいて欲しかった。

「久芳さんを見てると、どうしてなんでも、てきぱきこなせるのか不思議だったんです。速いだけじゃなくて、正確だし、責任感も強いし…」

真剣に数え上げる綾瀬に、身の置き所がなくなる。社交辞令ならばいくらでも聞き流せるが、この少年の唇をこぼれる言葉はどれも、気恥ずかしくなるような重さがあった。

「久芳さんみたいに、なりたかったんです」

なかば夢のなかにいるような、静かな声で告げられ、左の胸が軋む。

「久芳さんみたいに、恰好よくお仕事できたらいいなって、俺ずっと…」

続けられようとした言葉が、やわらかく溶ける。

緊張から解放され、再び眠気に捕らわれたのだろうか。長い睫がゆっくりと、大粒の瞳を覆う。

「…なんだっけ…あれ……」

眠りに落ちようとする綾瀬の唇が、思い出したように、細い声をもらした。

「…ジャ……ジャス…じゃなくて…ジャ……」

車の故障などの際、応援に駆けつける組織の名称を、思い出したかったのだろうか。

すでに寝言でしかない呟きをもらしながら、綾瀬は穏やかな眠りへと引き込まれていった。

微かな寝息が、静かに流れる。

どれくらいそうして立ちつくしていたかは、解らない。息を詰め、綾瀬の寝息を聞いていた久芳は、ようやく長い吐息を吐き出すと、へなへなと崩れるように椅子へ沈み込んだ。

恰好いいと。

狩納に勝つことも、むしろ過去から現在を通じ、自分自身に克《か》つこともできずにいる自分を、惨めなだけではないと、綾瀬は言ってくれるのだろうか。

不覚にも、顔が上気してしまいそうな恥ずかしさが込み上げる。同時にそれは、叫び出してしまいそうな喜びでもあった。

見下ろした薄い体が、規則的な寝息に上下する。

やさしい、体だ。

辞められない…。

愚かなほど疑うことを知らない綾瀬は、同時に人を許す術を知っている。

肉体的には自分に勝《まさ》るところのない綾瀬に、思いもよらない一撃を食らわされた心地だった。

しかしそれは、決して不愉快なものではない。

無防備に眠る唇から、穏やかな寝息がもれた。

やわらかそうな唇は、舌先で触れて味わってみたい、そんな誘惑を秘めている。誘われるように腰を浮かし、久芳は眠りに就く綾瀬を覗き込んだ。

控えめに咲く白い花のように、ひっそりとうつくしい綾瀬の容貌を注視する。

胸のなかが、恥ずかしくなるほど甘く疼いた。

二人きりの密室で、今なら、口吻けることが許されるかもしれない。引き込まれるように腰を屈めた久芳の唇へ、やわらかな綾瀬の寝息が触れた。

まだ誰にも触れられたことのないような、楚々とした綾瀬の唇へ自らの唇を重ねようとして、久芳はふとその動きを止めた。

久芳さんのように、なりたい。

胸のなかで繰り返された言葉が、懐かしい痛みに重なる。

綾瀬が抱いたものと同じ憧れを、自分はいまだ果たせず、抱え続けているではないか。

狩納のような男に、いつか、なるのだと。

恨みを原動力に、事務所へ押し入ったあの夜から、自分はずっとそう志《こころざ》してきたはずだ。

口吻けようとしていた久芳の唇が、苦い笑みをもらす。だがそれは、決して不快なものではなかった。心地好い苦さを胸に押し込め、綾瀬の寝顔を見下ろす。

必ず、目標を超えてみせよう。

超えられる男になった時、自分はようやく狩納と、そして綾瀬と同じ場所に立てるのだ。その時には、この恥ずべき過去の全てを綾瀬に話そう。

「綾瀬さん…」

今はまだ重ねることのできない唇で、そっと大切な人の名を呼んでみる。

ゆっくりと体を起こそうとして、久芳は不意にその体を強張らせた。綾瀬の上に屈んだまま、不自然な中腰で息を詰める。

冷たい汗が、背中に滲んでいた。

振り向く勇気を持たなかった久芳の背後で、大柄な男の気配が動く。

「どうした。続きはやんねえのかよ」

低い、笑うような抑揚を帯びた男の声音に、久芳はただ声を失った。

声の主が誰であるかなど、確かめなくても解る。

無邪気な綾瀬の寝息を間近に感じながら、久芳は真っ白になった頭で硬直した。

いつから、そこに立っていたのだろう。視線一つ高い狩納の眼光が、真っ直ぐに自分を見下ろしている。

凍りついた久芳の肩を、大きな掌が気楽に叩いた。

「ま、本気でやったら、コンクリ履かすけどな」

力任せに体を引き剥がされ、にこやかな狩納の双眸が近くなる。だがその眼が本当には笑っていないことなどすぐに解った。

「し、社長……」

喘ぐように呟いた久芳の肩を、痺れるほどの力で狩納がばしばしと叩く。

「今回は大目に見てやる」

機嫌のよい声で告げ、狩納が窓枠へ背中をもたれさせた。怒りではなく、思いの外真剣な色をした狩納の眼光が、真正面から自分を捉える。

「よくやったな」

満足そうな声で労われ、久芳は弾かれたように首を左右に振った。

「そんな…。俺の不注意のせいで、綾瀬さんを巻き込んでしまって…」

絞り出した声が、拭いきれない悔恨《かいこん》に掠れる。

今日の一件は、綾瀬にとってみればただのとばっちりだ。

それは狩納にしても同じだった。

「お前を手元に置くって決めた時から、予想はしてたアクシデントだ。上手く切り抜けられたのなら、

辞められない…。

問題はねえ」

思いも寄らなかった男の言葉に、久芳が声を失う。

冗談ではなく、今日の久芳の行いのどれ一つ取っても見逃されるものではない。本当にコンクリートに詰められ、東京湾《とうきょうわん》に沈められたとしても文句は言えないと、その覚悟が久芳にはあった。

だがそうした久芳の心の内も、男は全て見透かしているのだろう。取り出した煙草をくわえ、少しだけ眼を細めた。

「綾瀬が巻き込まれた以上、藤田たちの最終的な始末は俺が引き受けることになるが、お前は十分、俺の面子《めんつ》を立ててくれた。お前はいい買い物だったぜ」

鷹揚な男の物言いに、すぐには返す言葉が見つけられない。

綾瀬を巻き込むあんな騒ぎを起こしながら、狩納はそれでも自分を、いい買い物だったと言ってくれるのだろうか。

「………ありがとうございます」

それ以上の言葉が見つからず、久芳は深々と頭を下げた。

心からの声を絞った久芳を、狩納が美味《うま》そうに煙を吐き出し、見下ろす。

「綾瀬に大事があればこうはいかねえから、それは覚えておけよ」

唇を吊り上げた男の眼光が、ぬくもりのない色で静かに笑った。

ごくりと、久芳の喉が無意識に息を呑む。

「久芳。お前、こいつを可愛《かわい》いと思うか？」

何気ない問いと共に、背後で眠る綾瀬を示され、久芳は返答に窮した。狩納がどういう応えを求めているのかが解らず、唇を引き結ぶ。久芳の困惑を見下ろし、狩納が口元だけで笑った。

「俺は、こいつが可愛い」

なんの駆け引きもない男の声音に、久芳の唇がわずかにふるえる。

「こいつのためになら体を張ってやりてえが、四六時中は貼りついてはいられねえ。だからこいつに番犬をつけてやるとしたら、俺と同じだけの覚悟がある犬が欲しい」

解るな、と念を押され、久芳は堅く指先を握り締めた。

淀みのない狩納の双眸が、真っ直ぐに自分を見る。静かだが、決して逸らすことのできない力の強さが、そこにはあった。

綾瀬を守る犬は、同時に狩納の犬でもある。

綾瀬のために身を捨てる覚悟を持ち、狩納への忠誠を誓う犬だ。

犬などと呼ばれ、自分は決して喜ぶことができる男ではない。それでもこの瞬間、自分の胸の内にある感情は、怒りではなかった。

歯痒《はがゆ》いような熱が、腹に湧く。

犬が欲しいのならば、犬になってやろう。

辞められない…。

それも、最高の犬だ。

この犬がいなければ安心できないと、そう狩納に言わせてみせる。その時には、主人の腹を食い破るだけの力が、自分には備《そな》わっているはずだ。

「よろしくお願いします」

深く体を折ったまま、腹の底からの声を絞る。

大切な綾瀬を守るため。狩納という男を超えるため。そして自分自身に、克ってゆくために。

「解ってるだろうが、俺の腹を食い破るだけの覚悟はしとけよ」

にやりとして念を押され、思わず苦く笑みがもれる。

やはりこの男へは、心の内側のなにもかもを見透かされているのではないだろうか。

「解ったなら、今日はもう帰っていいぞ」

煙草の灰を落とした狩納に促され、久芳はもう一度頭を下げると、戸口へ向かった。

ちらりと視界の端を過った狩納が、綾瀬を見下ろす。たった今まで、自分を眺めていた男のものと同一とは思えないほど、その眼の色は穏やかだ。

自分もまた、同じ眼をして、綾瀬を見ているに違いない。

「ところで誉」

黙礼をし、扉を閉ざそうとした久芳へ、思い出したように狩納が声を投げる。肩越しに振り返ると、男の指が愛おしげに、綾瀬の頬を撫でていた。

辞められない…。


「マーキュリー《あのくるま》を買う時には、絶対盗めねえ車《やつ》を選んでこいって言っただろ」

久芳に車を選ばせる際、狩納が出した条件の一つが、狩納の長身でも不自由がないことと、それだ。

狩納の苦情に、久芳は真っ直ぐに男を見た。

「安心して下さい。俺以外には、盗めませんから」

自信というよりも、その声に含まれる強さはむしろ、確信だ。不遜《ふそん》なまでの久芳の双眸が、狩納の眼光を見返し、にやりと笑う。

久芳の表情に、狩納もまた満足気な笑みを浮かべた。

「根性の曲がった野郎だな」

そこが気に入ってもいるのだが。

唇を歪めた狩納の双眸に宿る光は、一種同じ罪を共有する者の色だ。

今はまだ、その格《かく》はあまりにも違いすぎてはいるが。

静かに閉ざした扉の向こう、なにも知らない綾瀬の寝息が、男の唇に甘く塞ぎ取られた。

# あとがき

このたびは『お金じゃ解けないっ』をお手に取って下さいまして、ありがとうございました。お陰様で狩納と綾瀬の、七冊目（！）の本となります。

今回も発行に際し、沢山の方々にお力添えを頂戴しました。いつも我慢強くご指導下さる編集者K様。頂戴した貴重なアドバイスを活かすことができたか不安は尽きませんが、それらを少しずつでも血肉としてゆけるよう、今後も頑張りたいと思います。またリンクス編集部の皆様、いつも支えて下さるM様を始め、発行に携わって下さった全ての方々にお礼申し上げます。

素敵なイラストをつけて下さった、香坂さんにも心より感謝致します。表紙の狩納の表情や、色合いのうつくしさにうっとりです。現在香坂さんは、コミックマガジンＬＹＮＸにて『お金がないっ』を連載下さっています。そのご多忙を縫って、このように素敵な挿絵をつけて下さって、本当にありがとうございました。

こうして、沢山のお力なくしては形になりえない『お金がないっ』ですが、なんと二〇〇七年にＯＶＡを制作頂けることとなりました。びっくり！　香坂さんの絵が動き、狩納や綾瀬が喋っている…というのは、とても不思議で、まだ現実のことと思えません（笑）。

全ては、こうして本をお手に取って下さるお方のご声援のお陰です。なんと感謝申し上げていいか解りません。ご尽力下さったスタッフの皆様、また以前制作頂いたドラマＣＤとあわせ、素敵なお声を下さった役者様方にも伏してお礼申し上げます。この大きな幸運に感謝すると同時に、今まで以上の努力によって、少しでもご厚意に報いていかなければ……！　と気ばかり焦らせております。

全力で取り組んだつもりでも、自分の書いたものを見返せば必ず不出来な場所があり、己の至らなさを呪うことばかりです。そうした気持ちは、なにかを書き続ける限り切り離し難いものかもしれませんが、決して努力を怠ることなくこれからも一作ずつ取り組んでゆけたらと思います。

ＯＶＡ『お金がないっ』では、シナリオを担当させて頂くことができました。それ以外にも、二〇〇七年は新作新書など、嬉しいご予定を頂戴しています。お見かけの折には是非お手に取って頂けますと幸いです。

今回も拙い本ではありますが、少しでもお気に召して頂ける部分がありましたら、これに勝る喜びはありません。ここまでおつきあい下さって、本当にありがとうございました。ご感想などお寄せ頂けますと、本当に嬉しいです。それではまたどこかでお目にかかれますことをお祈り申し上げます。どうぞお元気で。

篠崎一夜

ＨＰアドレス　↓　http://sadistic-mode.or.tv（サディスティック・モード・ウェブ）

# 勝ち目がないっ？

Presented By Tohru Kousaka

綾瀬《あやせ》？明日の授業なんだけど――
ああ――
大学の
…！
この人が綾瀬の――
いつも綾瀬が世話になってるようで
いっいえそんな…
俺なんかじゃ勝ち目はないかもしれない
男の目から見てもかっこいい人だった…
今かわります
大人って感じで余裕がありそうで
←大誤解《ダイゴカイ》
ほ――らオトモダチが呼んでるぜ綾瀬
で？どうして番号を教えたのかな？ん？
あっ。あっ
～～～
まったくもって大人げなく余裕のない男。

# 見分け方1

Presented By Tohru Kousaka

# 見分け方 2

Presented By Tohru Kousaka

初出
辞められない…。――――2001年 小説エクリプス10月号 掲載
お金じゃ解けないっ――――書き下ろし

LYNX ROMANCE

**お金《かね》がないっ**

篠崎一夜

illust. 香坂透

**898円**
**(本体価格855円)**

従兄の借金のカタとして競売に掛けられた美貌の少年・綾瀬雪弥は、金融会社を経営する狩納北に買われた。二億もの巨大な借金はひとり身の綾瀬に返す術がなく、身体で返済することになる。何もかも奪われるような激しい陵辱に困惑と絶望を覚える綾瀬だったが、時折みせる狩納の優しさに安らぎを感じ始める。しかし、行方不明だった従兄からの電話がさらなる騒動に——!? お金がないっシリーズ第一弾。

LYNX ROMANCE

**お金《かね》しかないっ**

篠崎一夜

illust. 香坂透

**898円**
**(本体価格855円)**

金融会社を経営する狩納北に買われた美貌の少年・綾瀬雪弥は、返済のために狩納の元で身体を差し出す日々を送っていた。そんなある日、綾瀬は再び大学へ通うことを許される。狩納の好意に喜ぶ綾瀬だったが、以前住んでいた綾瀬のアパートに変質的な手紙が届いていたことを知る。正体の分からない相手に怯える綾瀬に、大学でも学友の魔の手が迫り——!? お金がないっシリーズ第二弾。

LYNX ROMANCE

**お金《かね》じゃ買《か》えないっ**

篠崎一夜

illust. 香坂透

**898円**
**(本体価格855円)**

冷酷と評される狩納北は、競売にかけられた美貌の少年・綾瀬雪弥を救い、家に住まわせていた。借金返済のため、身体を売る行為を強いる自分に気を許そうとしない綾瀬。うまく想いを伝えられないことに苛立ちをつのらせる狩納は、ある日、染矢と綾瀬が談笑しているところを見て、嫉妬心から綾瀬を乱暴に抱いてしまう。あまりにも粗暴な行為に綾瀬は姿を消してしまい——!? お金がないっシリーズ第三弾。

LYNX ROMANCE

**お金《かね》がたりないっ**

篠崎一夜

illust. 香坂透

**898円**
**(本体価格855円)**

狩納から巨大な借金をしていながら、高額の洋服を買い与えられ戸惑う綾瀬。しかし、外出を許され不自由のない環境を与えられている綾瀬は、感謝の気持ちから狩納へプレゼントを贈ろうと思うのだったが、お金が無かった!? 綾瀬が狩納のためにお金を集めるハートフルラブストーリー!
綾瀬の元に石井鉄夫の母がやってくる「仕方がない?」も同時収録!

LYNX ROMANCE

**お金《かね》は貸《か》さないっ**

篠崎一夜　illust. 香坂透

898円（本体価格855円）

狩納との肉体関係に戸惑いながらも、狩納の事務所でアルバイトをすることになり意気揚々の綾瀬。ある日、綾瀬の前に狩納の弟と名乗る少年・大和が現れる。大和は、綾瀬がお金で買われたことや、狩納との肉体関係までも知り、綾瀬は狩納から離れるようにと迫られるのだったが――!?

狩納の旧友、許斐が現れ狩納の過去を暴露する「病気かもしれないっ」も同時収録！　お金がないっシリーズ第五弾。

LYNX ROMANCE

**お金《かね》じゃないっ**

篠崎一夜　illust. 香坂透

898円（本体価格855円）

祇園はAV制作中、出演者に騙され大金を要求され追い回されていた。途方に暮れた末、金を借りようと狩納の事務所を訪れたのだったが、狩納を恐れ、事情すら言い出せない祇園は、自分のアタッシュケースと間違えて狩納のケースを持ち出してしまう。さらにちょうど事務所に向かっていた綾瀬と追っ手から逃げる羽目になって――!?　綾瀬が助けた黒猫との生活を描いた「ペットじゃない。」も収録。お金がないっシリーズ第六弾。

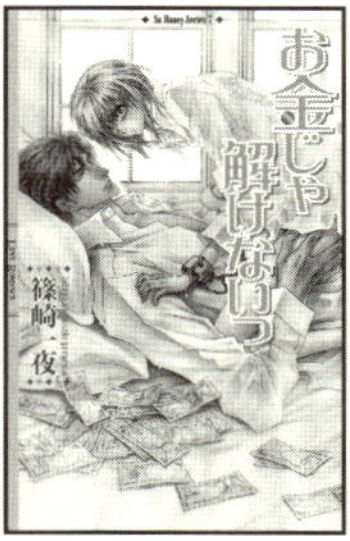


LYNX ROMANCE

**お金《かね》じゃ解《と》けないっ**

篠崎一夜　illust. 香坂透

898円（本体価格855円）

狩納と生活をしながら大学へ通う綾瀬は、学内催事の実行委員になる。クリスマスのライトアップの準備に追われる中、男女の猥談を持ちかけられ困惑する綾瀬は、男性との性行為に快感を覚える自分に改めて悩む。そんな中、点灯式の日、大学に現れた狩納が大怪我をしてしまい――!?

表題作ほか、狩納の元で働く久芳兄弟の過去が暴かれる「辞められない…。」も収録！　大人気シリーズ第七弾。

LYNX ROMANCE

**学《がく》園《えん》人《じん》体《たい》錬《れん》金《きん》術《じゅつ》**

篠崎一夜　illust. 香坂透

898円（本体価格855円）

古い因習に縛られる町、真柳。土地の守り神とされる一族の家に生まれた月依泉未は、周囲の人々に敬われながらも妖姫的な美貌も相まって、不気味な存在として畏れられていた。ある儀式の晩、主と名乗る上総が現れ、泉未は儀式の名の下に体を奪われてしまう。服従を強いられつつも上総に親近感を覚えてゆく泉未…。そして、上総が現れた頃から、周りで次々と異変が起こり始め――!?

この本を読んでの
ご意見・ご感想を
お寄せ下さい。

〒151-0051
東京都渋谷区千駄ヶ谷4-9-7
（株）幻冬舎コミックス　小説リンクス編集部
「篠崎一夜《しのざきひとよ》先生」係／「香坂 透《こうさかとおる》先生」係

リンクス ロマンス

# お金じゃ解けないっ

2007年1月31日　第1刷発行

著者……………篠崎一夜《しのざきひとよ》
発行人…………伊藤嘉彦
発行元…………株式会社　幻冬舎コミックス
〒151-0051　東京都渋谷区千駄ヶ谷4-9-7
TEL 03-5411-6431（編集）
発売元…………株式会社　幻冬舎
〒151-0051　東京都渋谷区千駄ヶ谷4-9-7
TEL 03-5411-6222（営業）
振替00120-8-767643
印刷・製本所…図書印刷株式会社
検印廃止

万一、落丁乱丁のある場合は送料当社負担でお取替致します。幻冬舎宛にお送り下さい。本書の一部あるいは全部を無断で複写複製することは、法律で認められた場合を除き、著作権の侵害となります。定価はカバーに表示してあります。

© HITOYO SHINOZAKI,GENTOSHA COMICS 2007
ISBN978-4-344-80910-9　C0293
Printed in Japan

幻冬舎コミックスホームページ　http://www.gentosha-comics.net

本作品はフィクションです。実在の人物・団体・事件などには関係ありません。